藤本孝一 編・解題

定家本 源氏物語 行幸・早蕨

八木書店

例言

一、本書は、重要美術品『行幸』（国所蔵・文化庁保管）と重要文化財『早蕨』（個人蔵）の定家本源氏物語二帖を、高精細原寸カラー版影印によって刊行するものである。

一、各頁の柱に該当の帖名を記し、本文墨付丁数と表裏の略称（オ・ウ）等を併記した。

一、『早蕨』本文に附箋が貼付されている箇所（三箇所）については、上欄にその旨を注記し、末尾に一括して附箋の図版を掲載した。

一、参考図版として、『行幸』『早蕨』各々の冊子箱・外箱の図版を掲載した。

一、本書末尾には、藤本孝一（公益財団法人冷泉家時雨亭文庫調査主任）執筆の「定家本源氏物語『行幸』『早蕨』解題」を収めた。

目次

行幸

行幸（表紙）

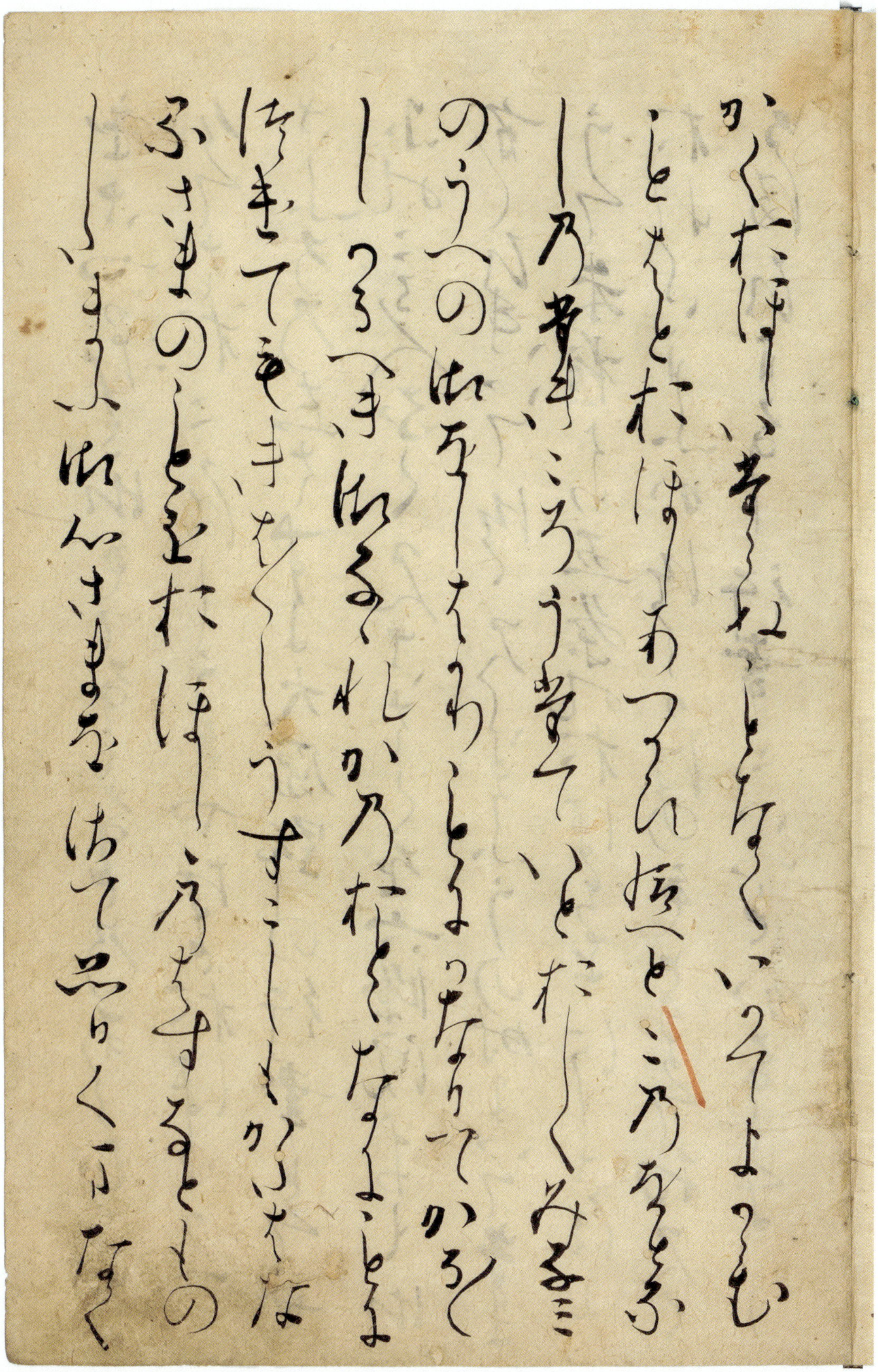
かくおほしいたらぬことなくいかてよからむ
ことはとおほしあつかひ給へとこのおとな
しの滝こそうたていとをしくみなみ
のうへの御をしはかりことにかなひてかろ〳〵
しかるへき御なゝれかのおとゝなにことも
にきてもきゝたくしうすこしもかたはな
ふさまのことゝおほしのたまへるとの
しまよ御んさまをはて〳〵らくなく

まさやのはなる所をてらしきとのあらむまつ
ゐてもおこなしうもやなとおもほしのへ
さふらふ乃きをもとすま大原野の行幸とてせ
ふれこゝろへふくのんさいたくを六條院よおもし所
なしひき、てはくアりまふ、うの時まいて業ま
うて朱雀より五条乃おほちをにしさまよ
おれゝふ、ふかはゝのはのもとまて物入く
るなゐけるし行幸といつとかいかなるまかう

しもあらぬをけふはみこたちかむたちめ
もみな心ことにむまくらをとゝのへすい
しんむまそひのかたちたけたちさうそくを
かさりたまうつゝめつらかにをかし左右大臣
内大臣納言よりしもはたましてのこら
す仕うまつりたまへりあをいろのうへのきぬ
えひそめのしたかさねを殿上人五位六位
まてきたり雪たゝいさゝかつゝうちちりてみち

のそらさへえむなりみこたちかむたちめなと
もたかにかゝつらひたまへるはめつらしき
かりの御よそひともをまうけ給このゑの
たかゝひともはまして世にめなれぬすり
衣をみたれきつゝけしきことなりめつらし
うをかしきことにきほひ出つゝその人と
もなくかすかなるあしよはきくるまなと
わををしひしかれあはれけなるもあり

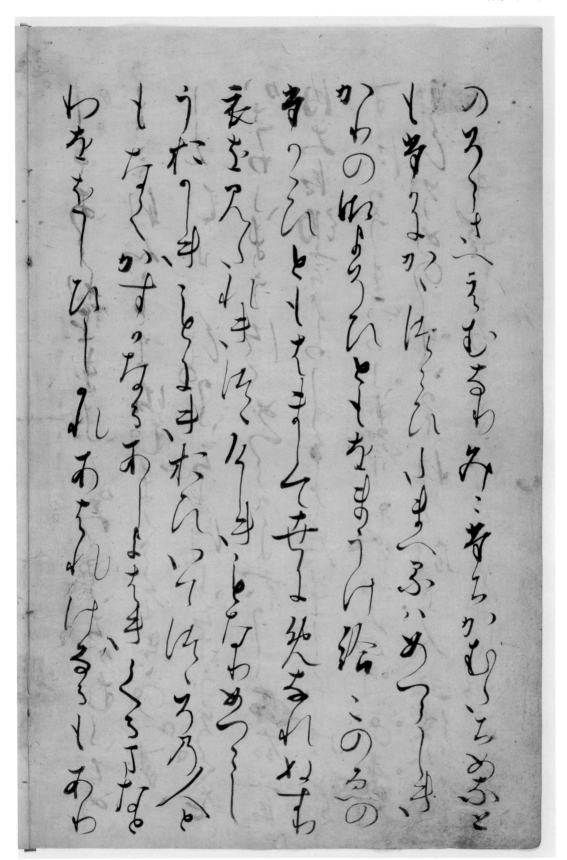

うきはしのもとなとにもこのましうた
ちさまよふよきくるまおほかりにしのたいの
ひめきみもたちいてたまへりそこはくいと
みつくしたまへる人の御かたちありさまを
みたまふにみかとのあかいろの御そたてまつりて
うるはしううこきなき御かたはらめにな
すらひきこゆへき人なしわかちゝおとゝを人
しれすめをつけたてまつりたまへときらゝく

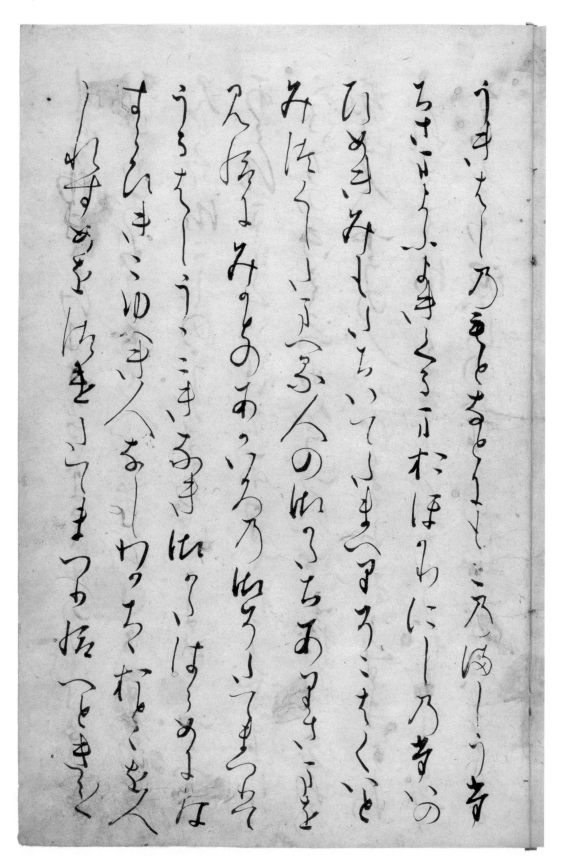

しうちきよけはさつまなきものしりへと
かきあはせしにも人ははまれにこそすゝと
みえて御こしのうちのほかまめらうつき
あはれにしてかうちあをやかのしやうとの
こゝちのするさうかん中少将なよゝかなる
殿上人やうの人はなまめかしあをすきこゝろは
しれるたにけしきまさりてうるはしきにます
まして〳〵源氏のおとゝの御ほたきまいたと

おとゝもことものとも見えたまはぬをおもひなしのいま
すこしいつくしうかたしけなくめてたきなり
さはかゝるたくひはおはしかたかりけりあて
なる人はみなものきよけにけはひことなる
へいものとのみおとゝ中将なとの御にほひにめ
なれ給へるをいてきえとものかたはなる
にやあらむおなしめはなとも見えすくち
おしうそをされたるや兵部卿宮もおはす

右大将のさはかりおもりかによしめくもけ
ふのよそひいとなまめきてやなくひなと
おひてつかうまつりたまへるいろくろくひけ
かちにみえていと心月なしいかてかはつく
ろひたてたるかほのいろあひにはにたらむ
いとわりなきことをわかき御心地にはみお
としたまうてけりおとゝのきみのおほしよ
りてのたまふことをいかゝはあらむ宮仕の

へさんまとあらてみくるしきことあらはさまもや
とおほいてみつからまたさもなくはきこえまたなを
はいとしてうれれてなほつうまつるなれら
むせられむたおしうとあらなむしとそ
二月よおふなうけるのうて野にかくまし川
まてゐこしそめかむいちゑんのひりわる
御まいらはさらくとなすはしくのまゐる
ひなをよあつき見へしはぬかそよ六条院

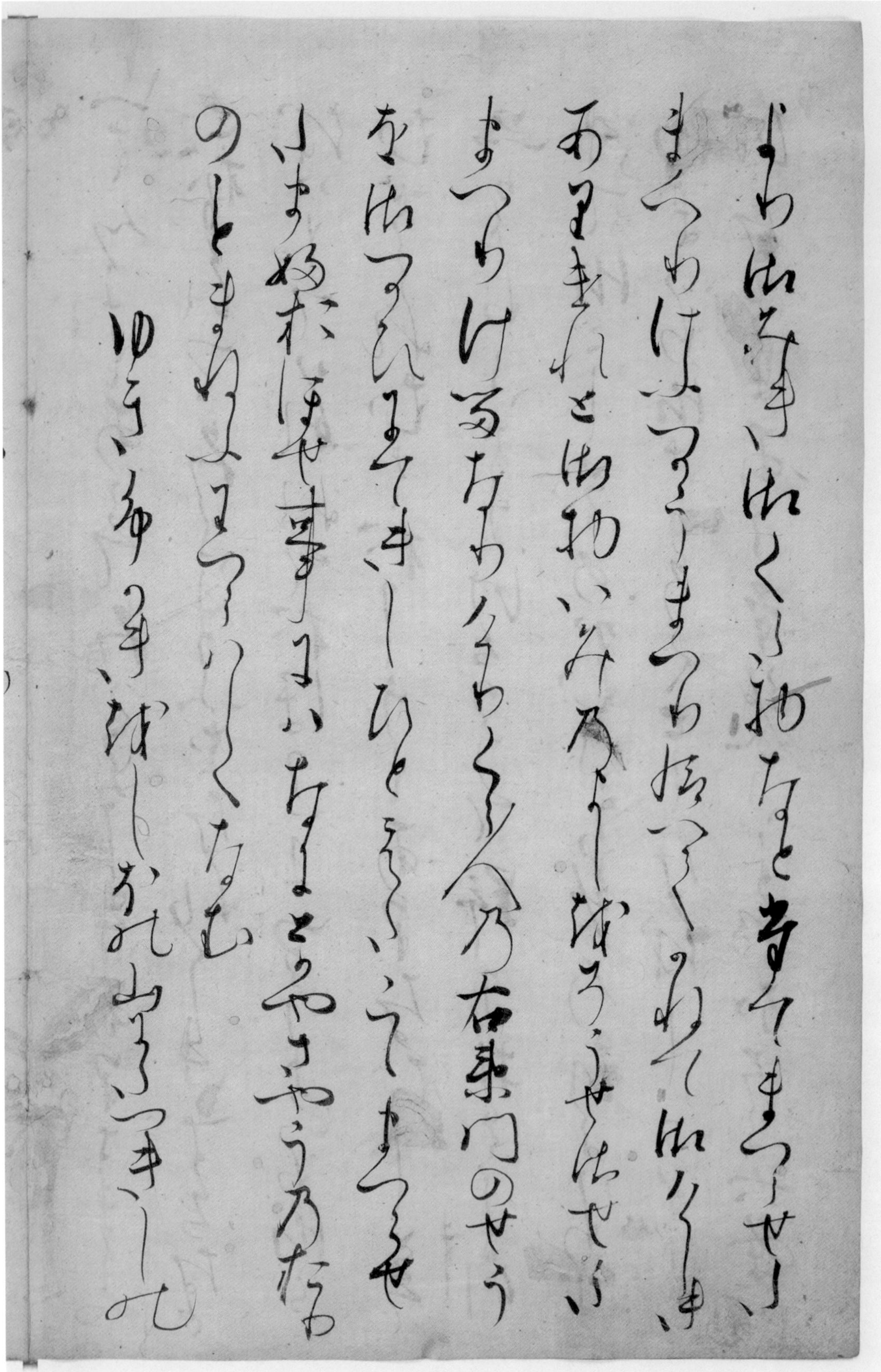

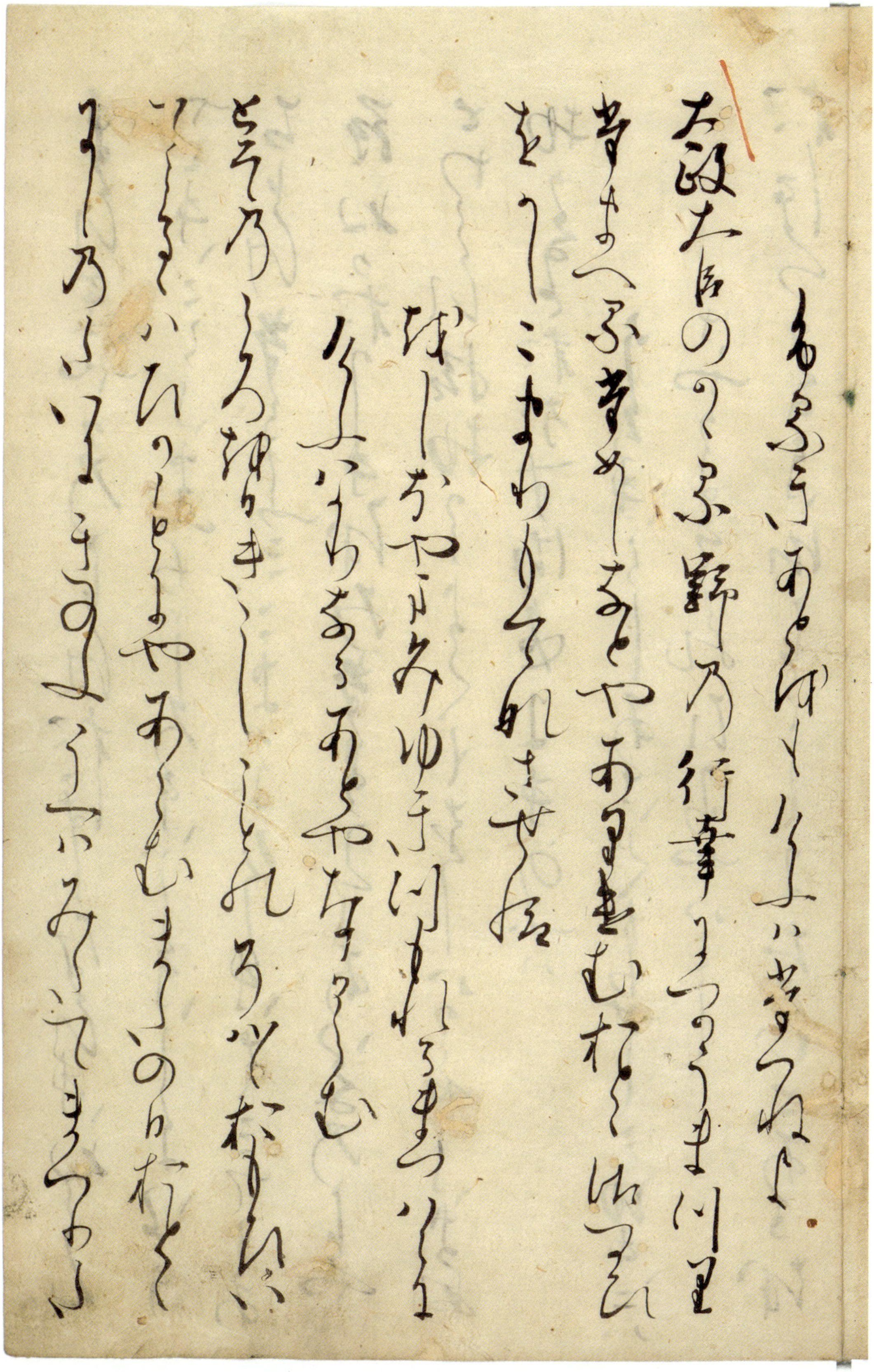
ふるきあとをもけふはたつねよ
太政大臣のかゝる野の行幸につかうまつり
給へるためしやありけむおとゝ御つかひ
をかしこまりもてなさせ給
をしほやまみゆきつもれるまつはらに
けふはかりなるあとやなからむ
とそのころほひきゝしことのそは〳〵
思ひいてらるゝはひかことにやあらむまたの日おとゝ
にしのたいにきのふうへはみたてまつり

まひきやかのことはたゝおほしなひきぬらん
ときこえたまへりしろきしきしにいとう
ちとけたるふみこまかにけしきたちてもあ
らぬかをかしきをみたまうてあいなのことや
とわらひ給ものからよくもをしはからせ給
ものかなとおほすおほんかへりにきのふは
うちきらしあさくもりせしみゆきには
　さやかにそらのひかりやはみし
おほつかなきおほんことゝもになんとあるを

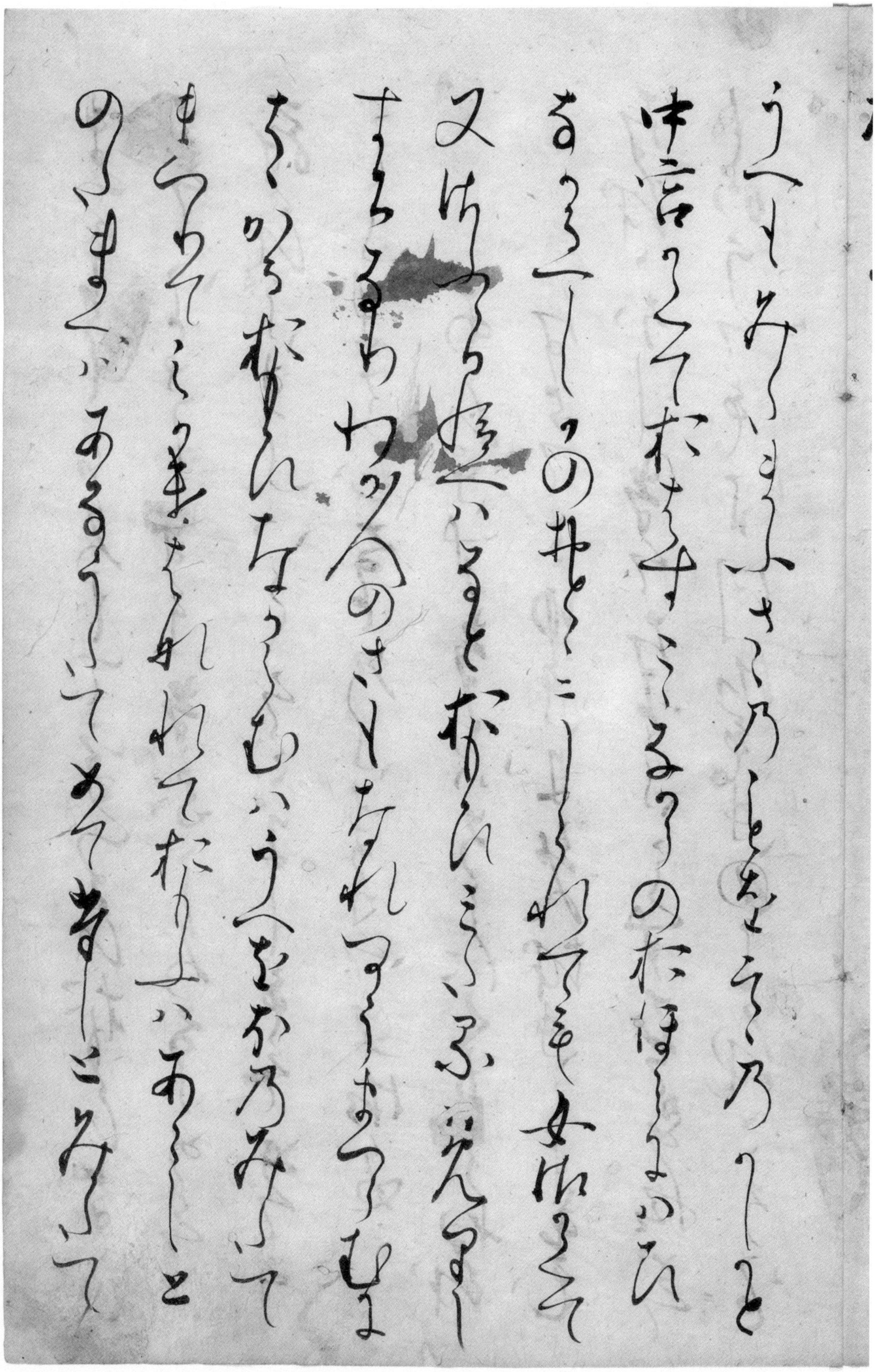

まつるとも心として宮つかへにおもひたゝむ
こそいとさしすきたるこゝろならめとてわ
らひ給ぬいてそなたにしもめてきこえ給はむよ
とこしめさむをのまうて又御ふみ
あかねさすひかりはそらにくもらぬを
なとてみゆきにめをきらしけむ
なほおほしたてなとたえすすゝめ給ふと
もかうてもまつ御もきのことをこそは

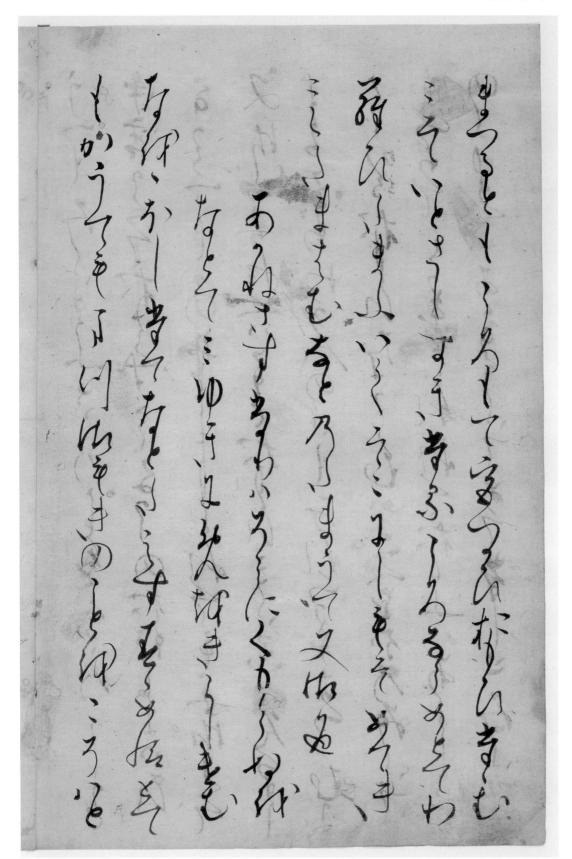

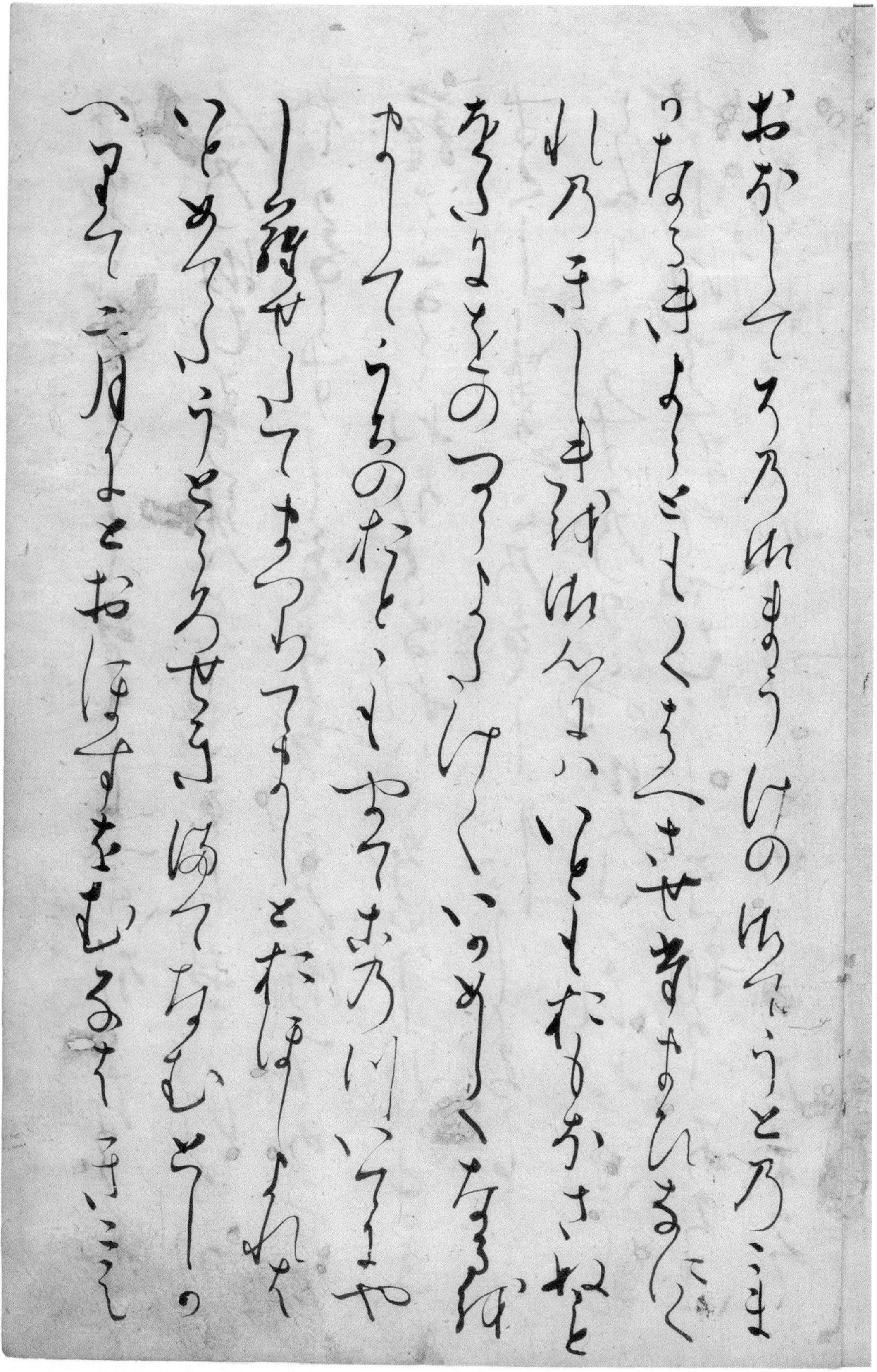

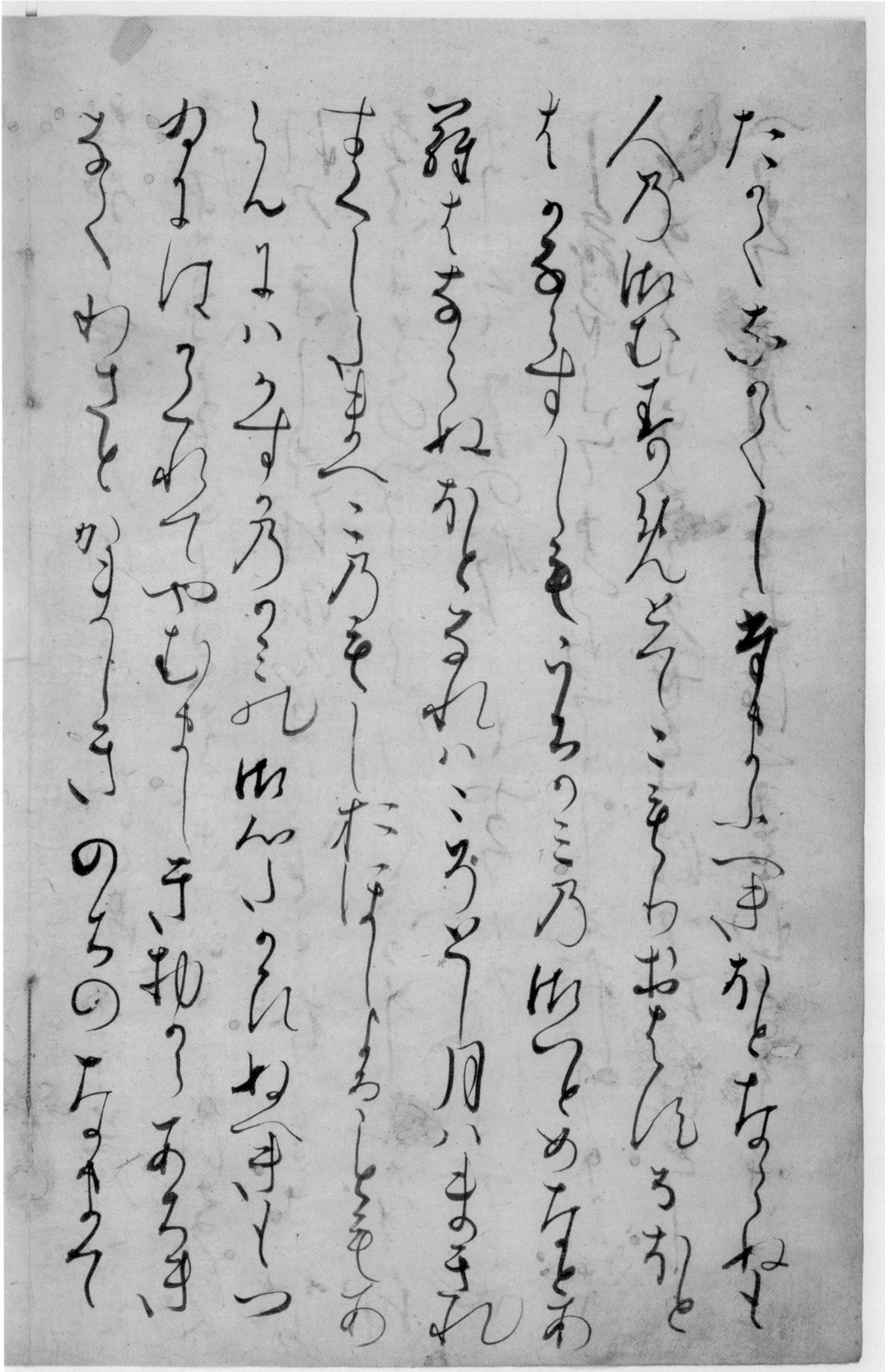

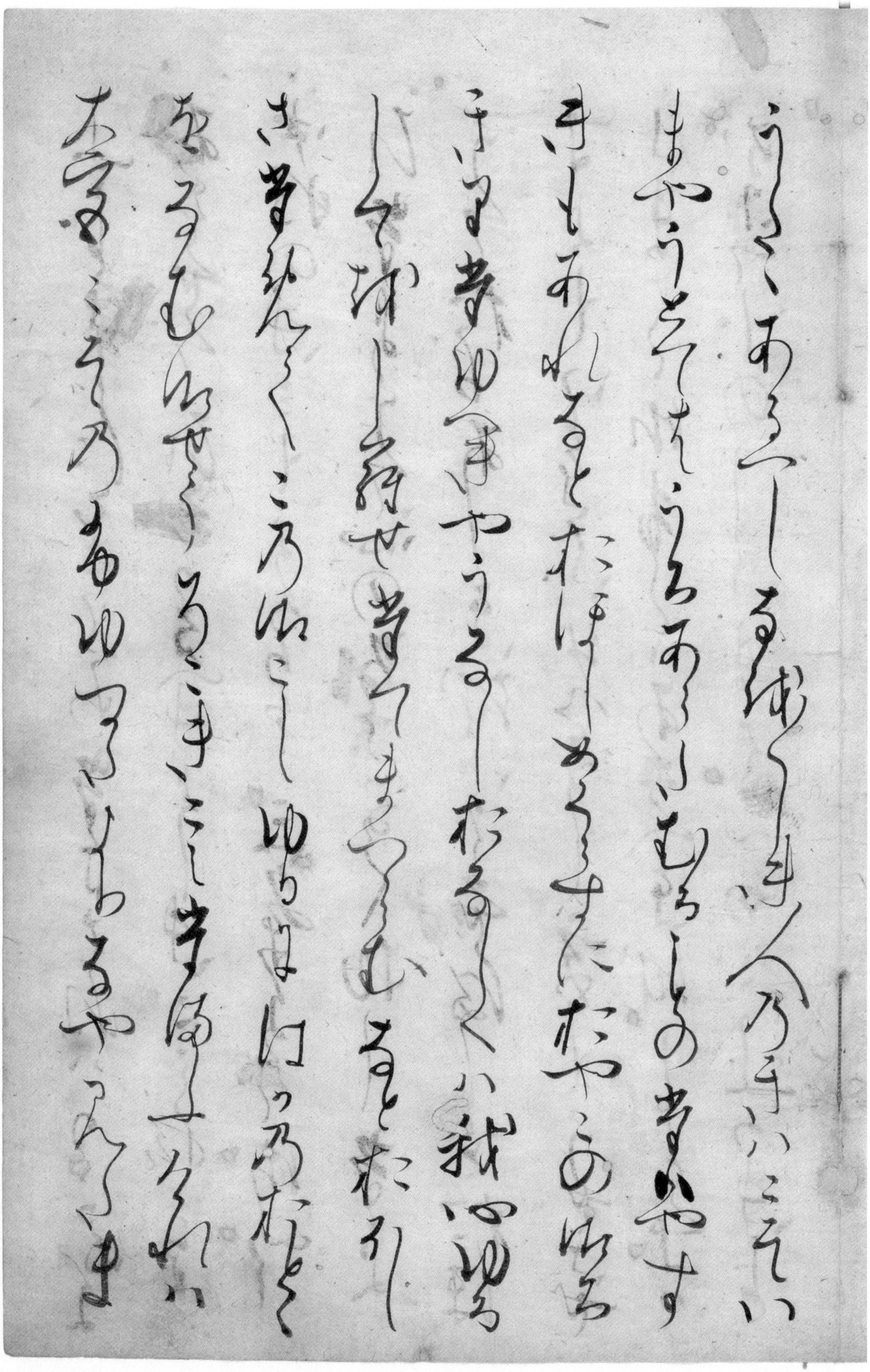

ふとさしにまうて出たまねハのこるま
おもせてひきつるへきよしきこえ給
中将のきミよろこふ三条宮すまゐてゆめし
ひ出よろて心の野末なくものしまよ
うてなる事ハ物いみ涙しとなほ
まよといそきいみこし宮とうちさせ
いまめきてなれあるくあまくてしけしよつ
おほてものしまさんつゝしよきゝと

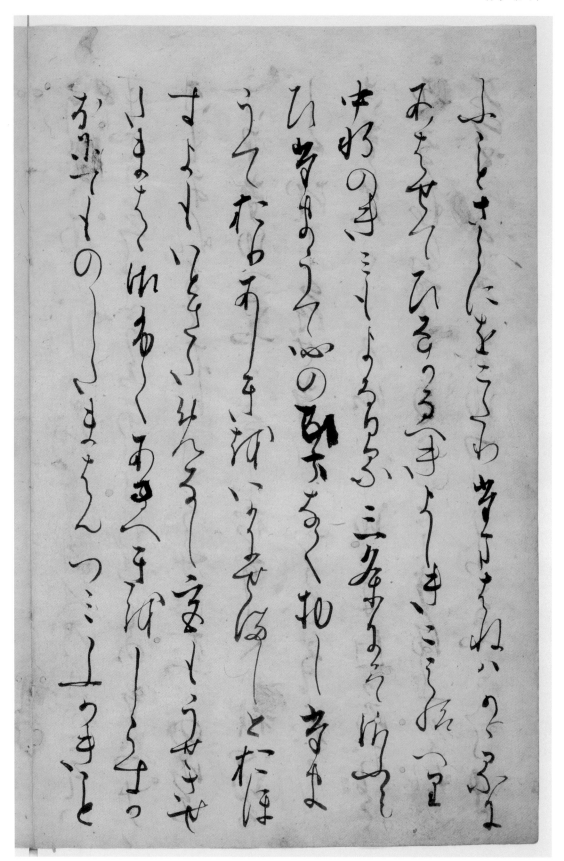

おほつゝむなきまうけのことゝもあり
てむとおほして三条の宮にはいと
ひさうわつらひたまひにはかにまいりての
れいやうはなゝいにはへとこゆきさまを
さすかそておかしくいてれいのさまのことを
おほしすてのことのことよみてね心をし
にかつしうこしてかつしおかはふなまは
みはんちのちやましきかたからさうら

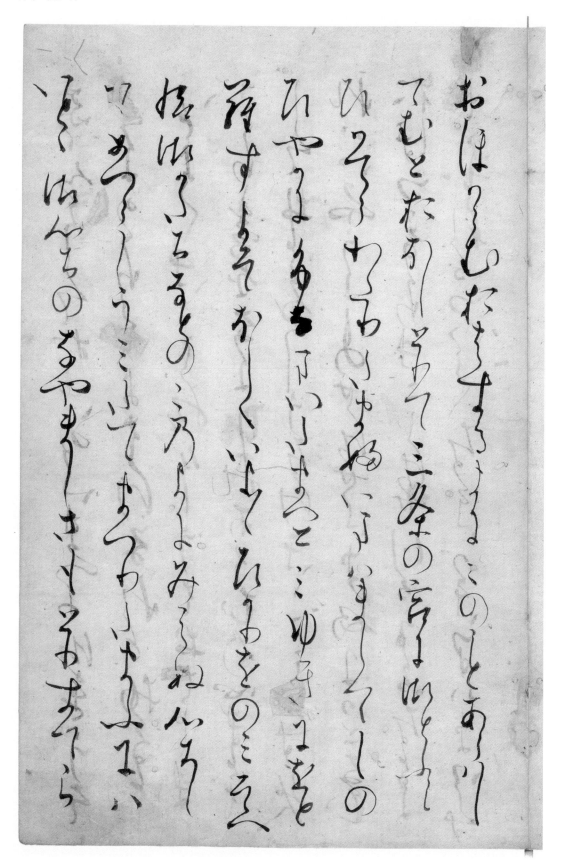

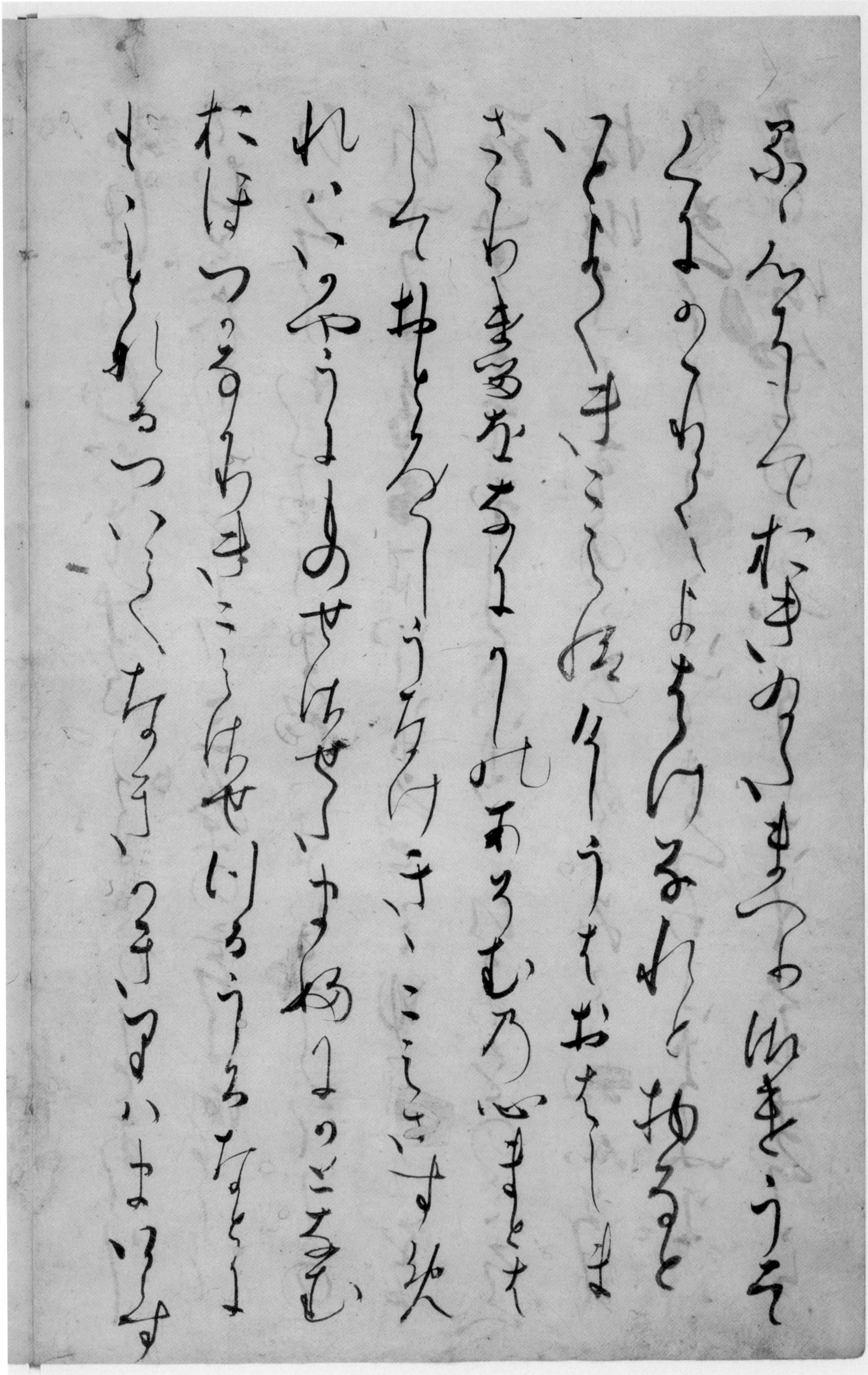

おほやけつかうまつる人ことなくてこそあはれ
たらるつうねくしうようけくなれくてさ
へわよきいなとおれよりまさ人こしさま
ぬよそてつまあつまらくきめむのしいま
もいへめしとあやしくおもとしきいほとよまうふ
ものうきはなむいふへきいなすときゝこしおさし
ありもあるやことおもふおもへて月ころあるは
なかなかるさこしとなされいきのこすく

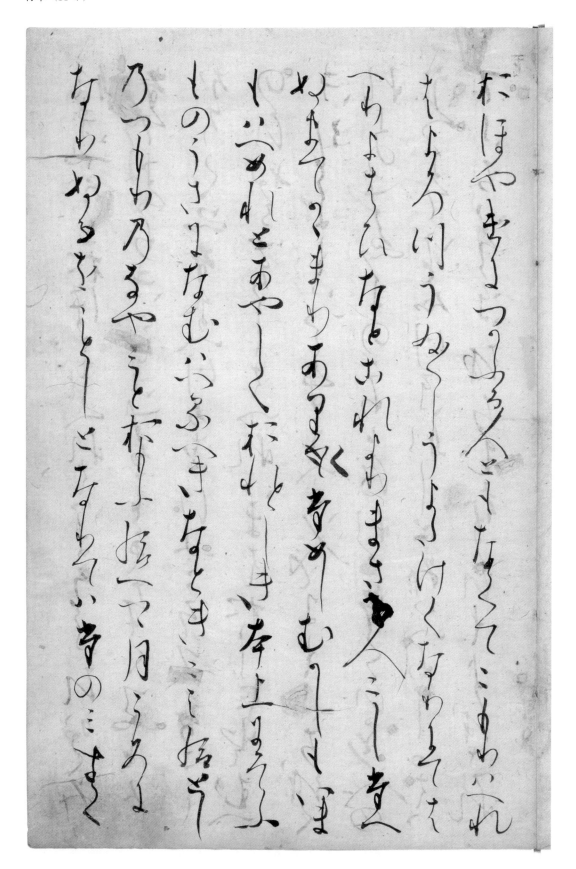

れきやうなれはことさへれたいまそかれかくみ
きこえまつりきこえさすることもなくてやとん
かろくゑきゆへいりをはよこそあそこし
のひぬるゑしきへれはまたれしにむへ
きゝりとまとゝつすさへきゝ人をまとゝちかく
れよあすゑのこゝろとはれるきこえをとへの
うつまてゝとんれゝかしこみいつわしのたまひ
てふちいそきゝなるむなけれはされ

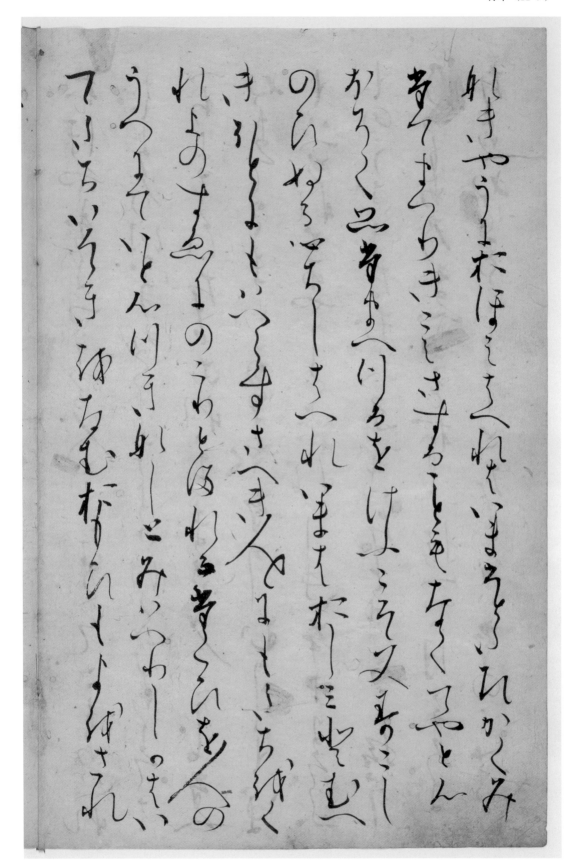

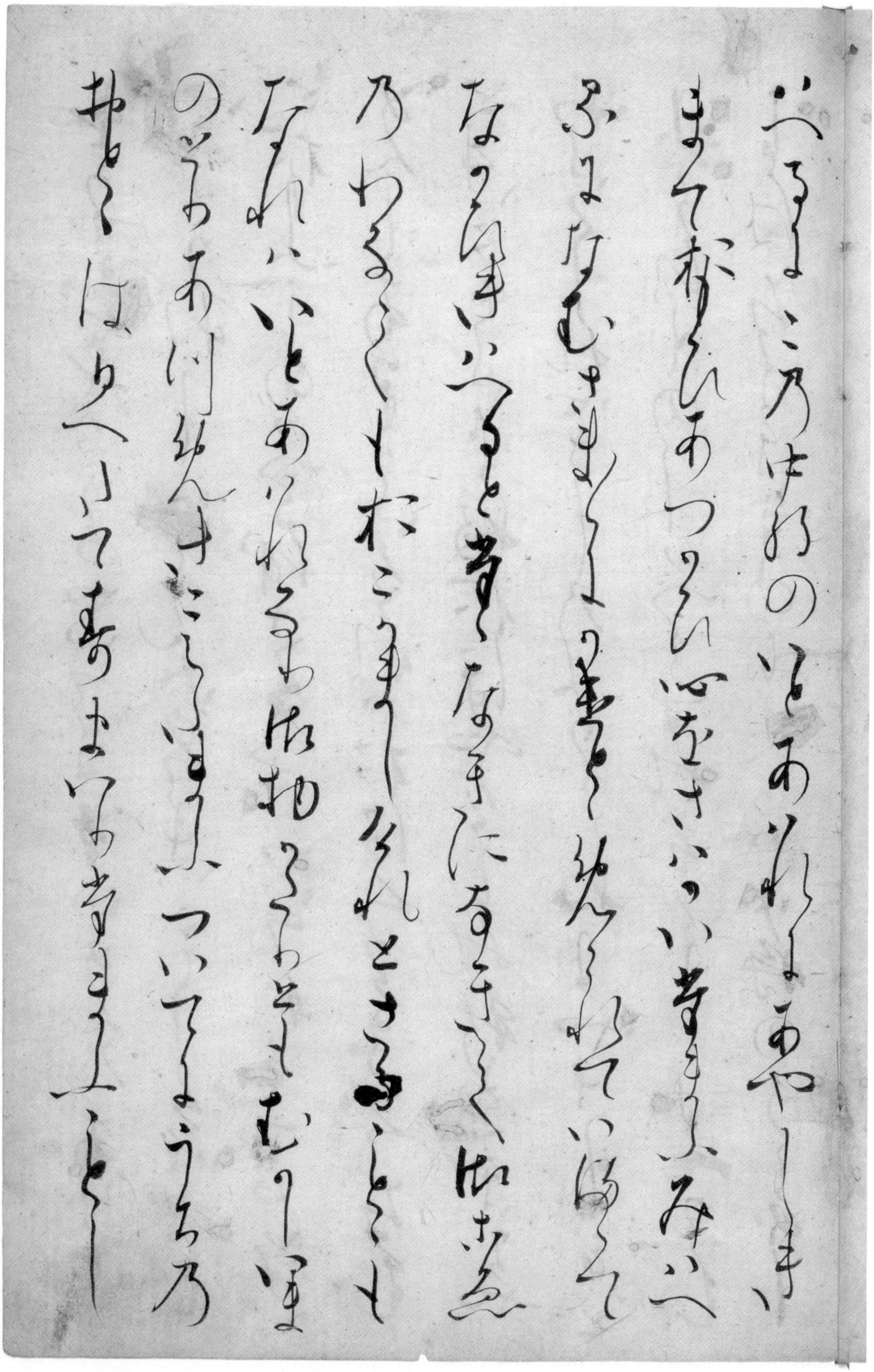

まつるむまつるついてまおいめん乃あはれなし
こゝまうれしつこんいのそきこしん給せむ
ゝこなりよるの心るはさまるきつらゝれくつかはすゝ
めんもあるまうるなれいおほしまするなむ
さ手ゝこゝゝますぬおほやなしれ移まうるや
わかくれなさし乃よのつねならすやさしきと
みえけるものしいつすれ皆ゝすへつむ
しはあるまきまゆのしたたつ中将のうへめし

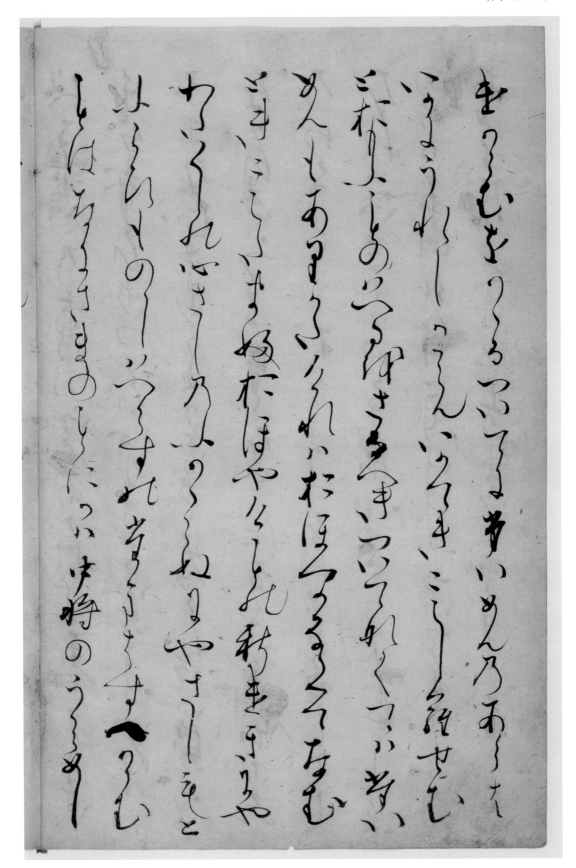

けはなちもしれたまふことしいつゝをは十許の
ことゝし経ぬとはまはきをまくしてなすに
つゝてまゐるそめまし名乃はやへさる物は
とあるすなこのましきやうはりてなん
といふもいともあやしかるはなるとものしいつれはた
てこころなむつしおいことくすゝ人乃本上こそ
んすなるむみたまふるをこのはる乃御ともお
ほとのこともはうろかへしいまそては

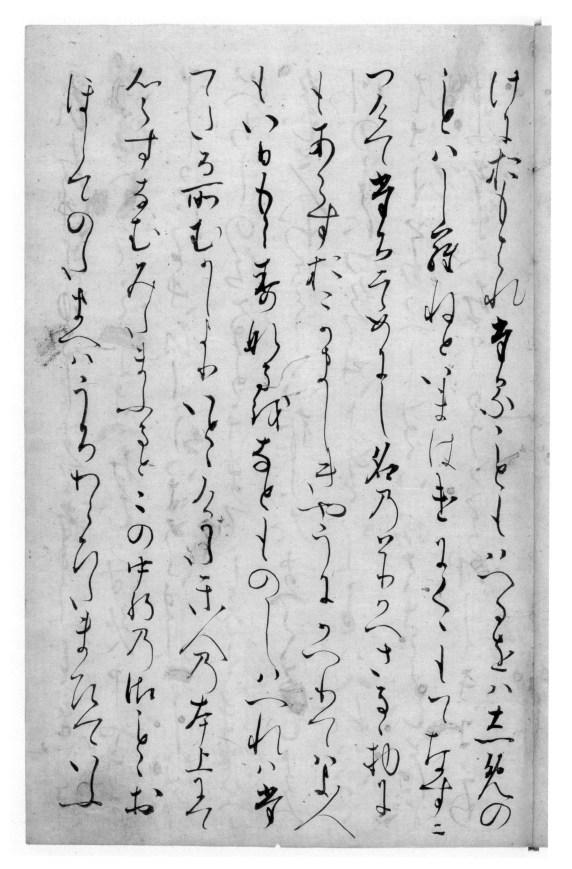

こひなきはゆるしまてなまめかしきやかやとき、
き、やてこきさへなむみえしやゝうあ
みしつと、をきえひしういさめかしうまふ、そうしはみ
いわしのころまへさせまてしもなしませいわ
ゆむと人わらはくいなかしふたまへくるむよろ
川のほとりにつゝきてよめをいうとへれいつ
たきさもそうしすゝいねさきむそはた
もみなまへなつうくわしきゝこえ

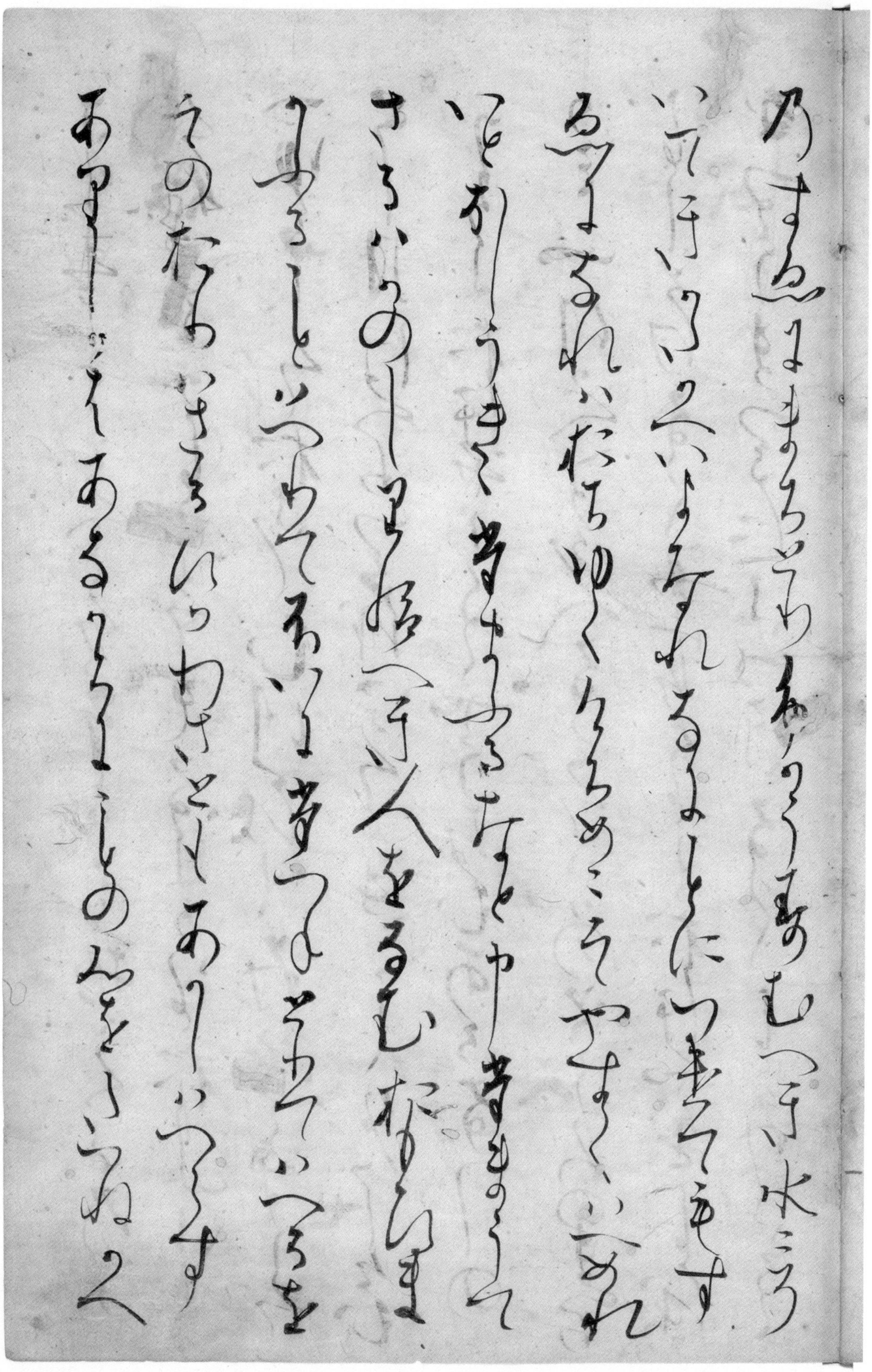

さふ事ともくらへてまさるを物ゝくさのす
ゐれきをつしとよそもるまのいとをかしきは
へゆるしてをさしむいりひとみふみすして
と月はつるはいそかきこしぬしらむ
うちはをはもろともやうなむあるすしの
のみやりのくすらへるゝてはのとうろのま
こしそけるくなまをもをはやきとは
なつまうまつるたにいつきるくしとみいる

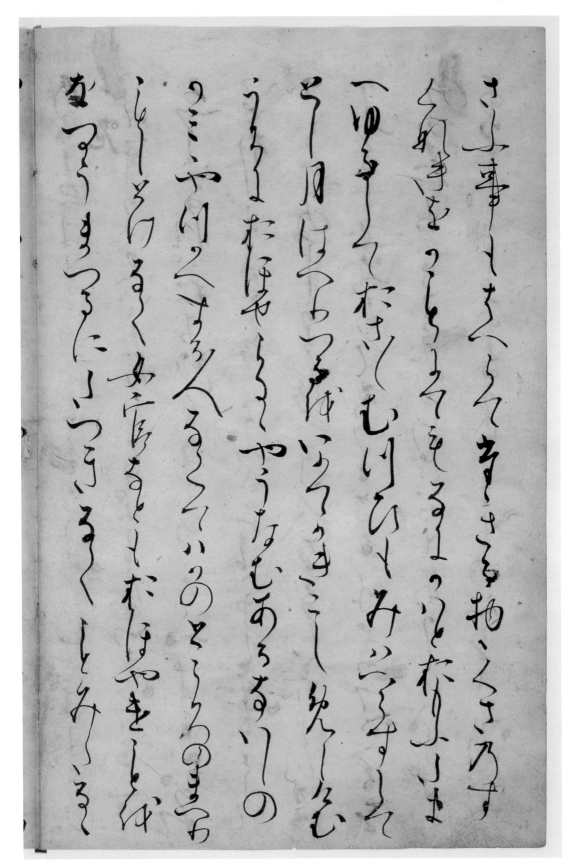

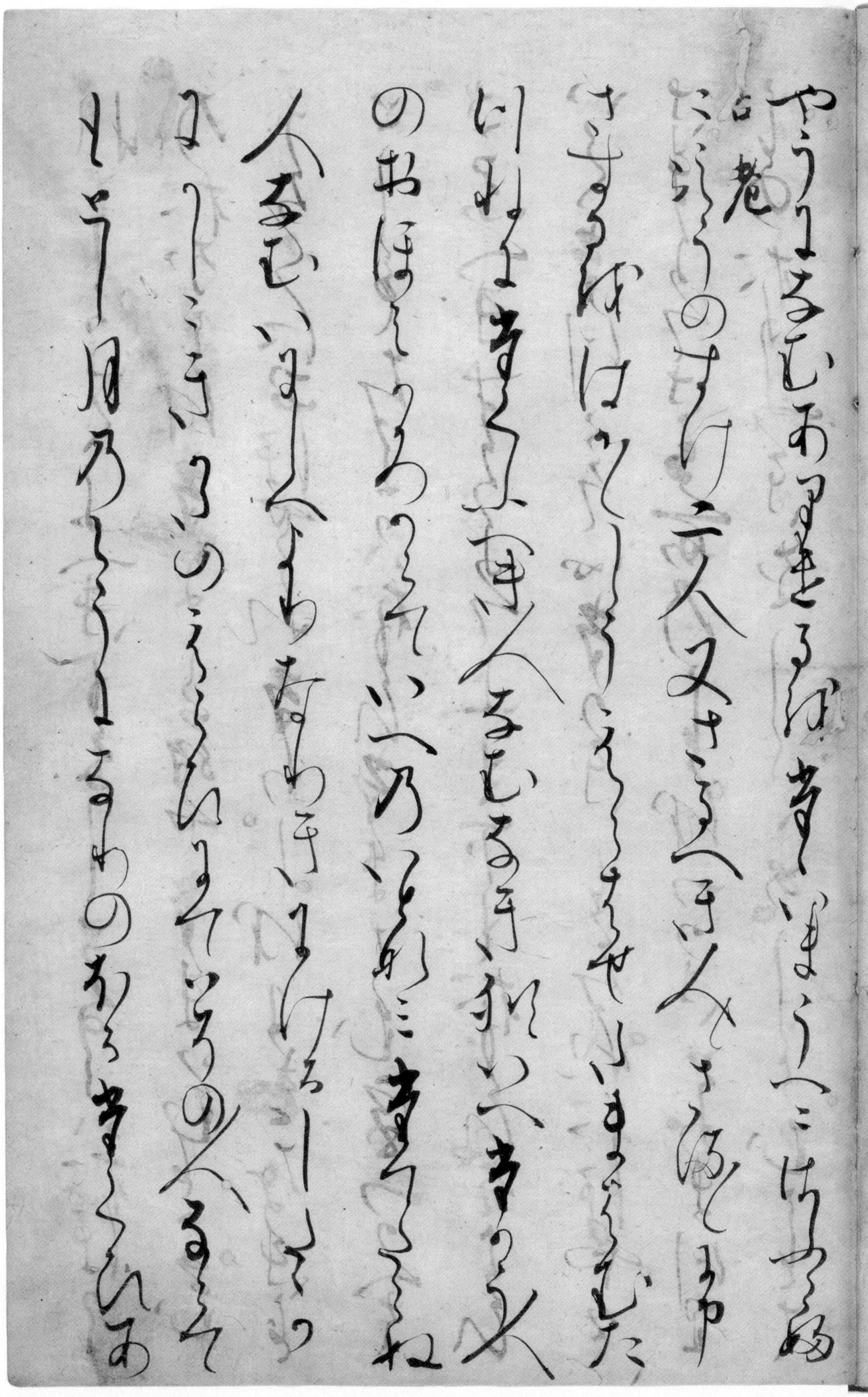

れとしかくたくふへきもなしとならはおほかたの
のおほえをたにゑらせ給はむとなむ
うち〳〵におほせられ給ひしかはにけなかるへきと
としもなにかはおもひ給はむ宮つかへは
さるへきすちにて上も下もおもひおよひ
いてたつこそ心たかきことなれおほやけ
さまにてさる所のことをつかさとりまつり
ことのおもむきをしたゝめしらむことは

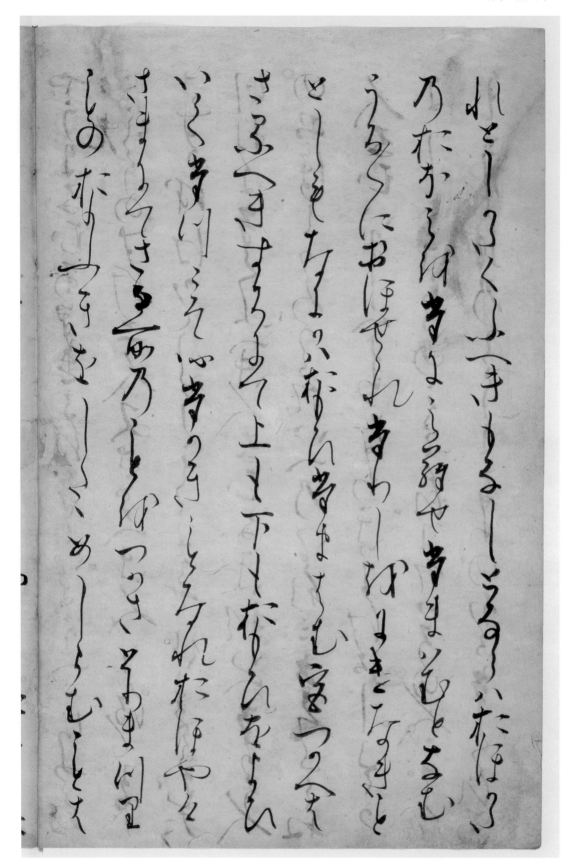

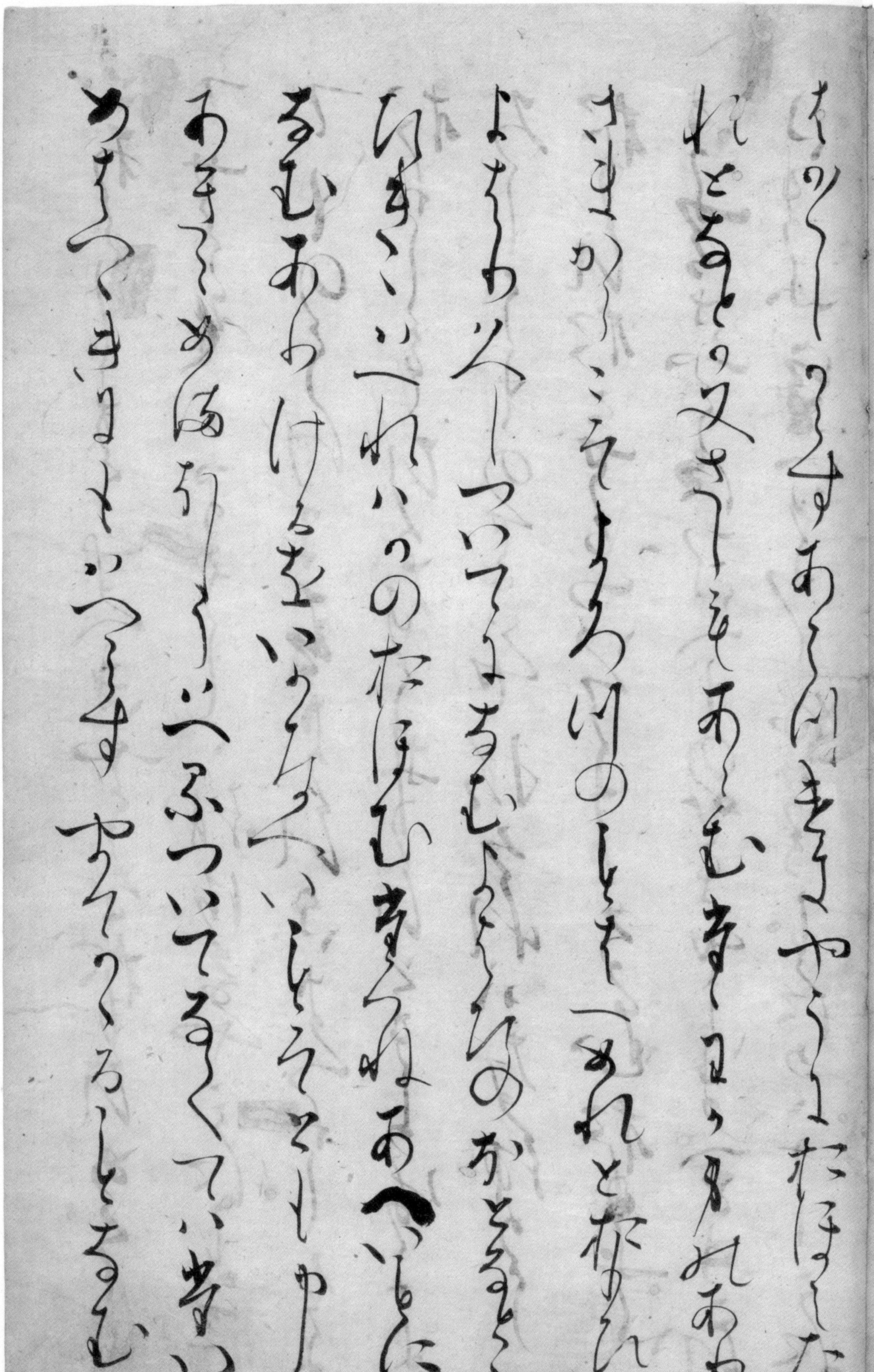

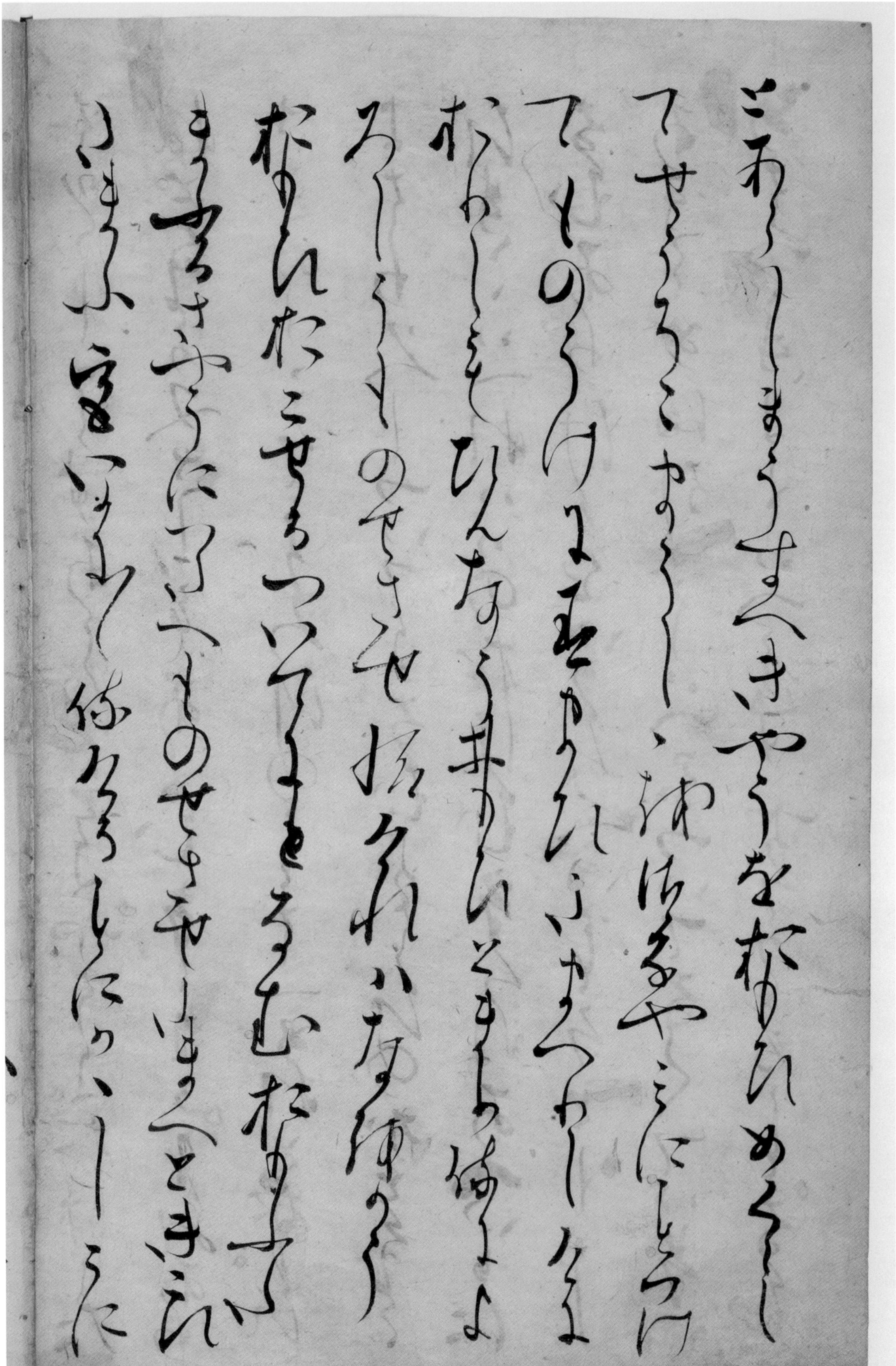

さまさまにつけてなのめならす思する人をいとほしと
なくはかりのひありかんなめるふいれ
ふみよそへくれきこえかこちきこえこそ
みたまふらむこのきしころけ[け]たまへて
なまめかしきやとも、こころはへさるやうはつるこ
とわりくゝりもさまたけのことをのつ
きこゆるこしおうてむくゝしきいひゝと
人のみつらむよしきこゆるにきこえはあゐも
よろつまくもらうの道くへいひつゝゆつむ

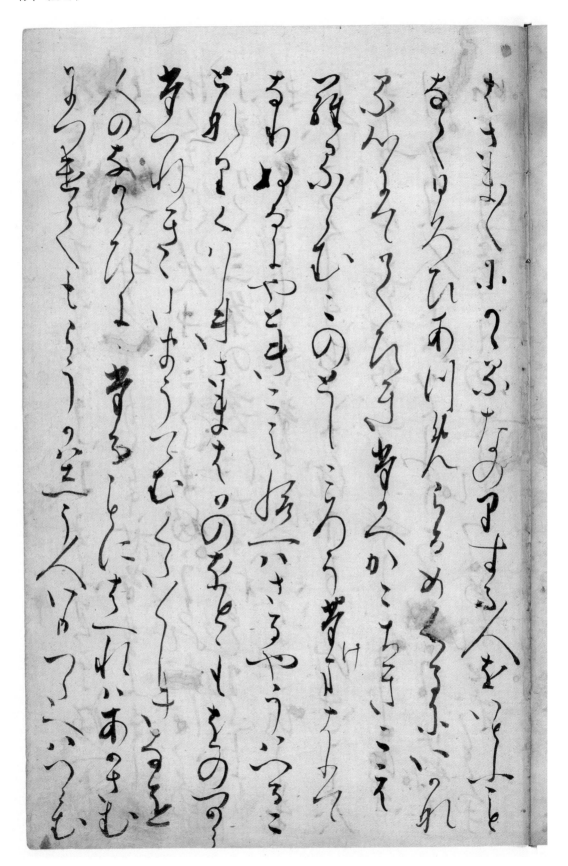

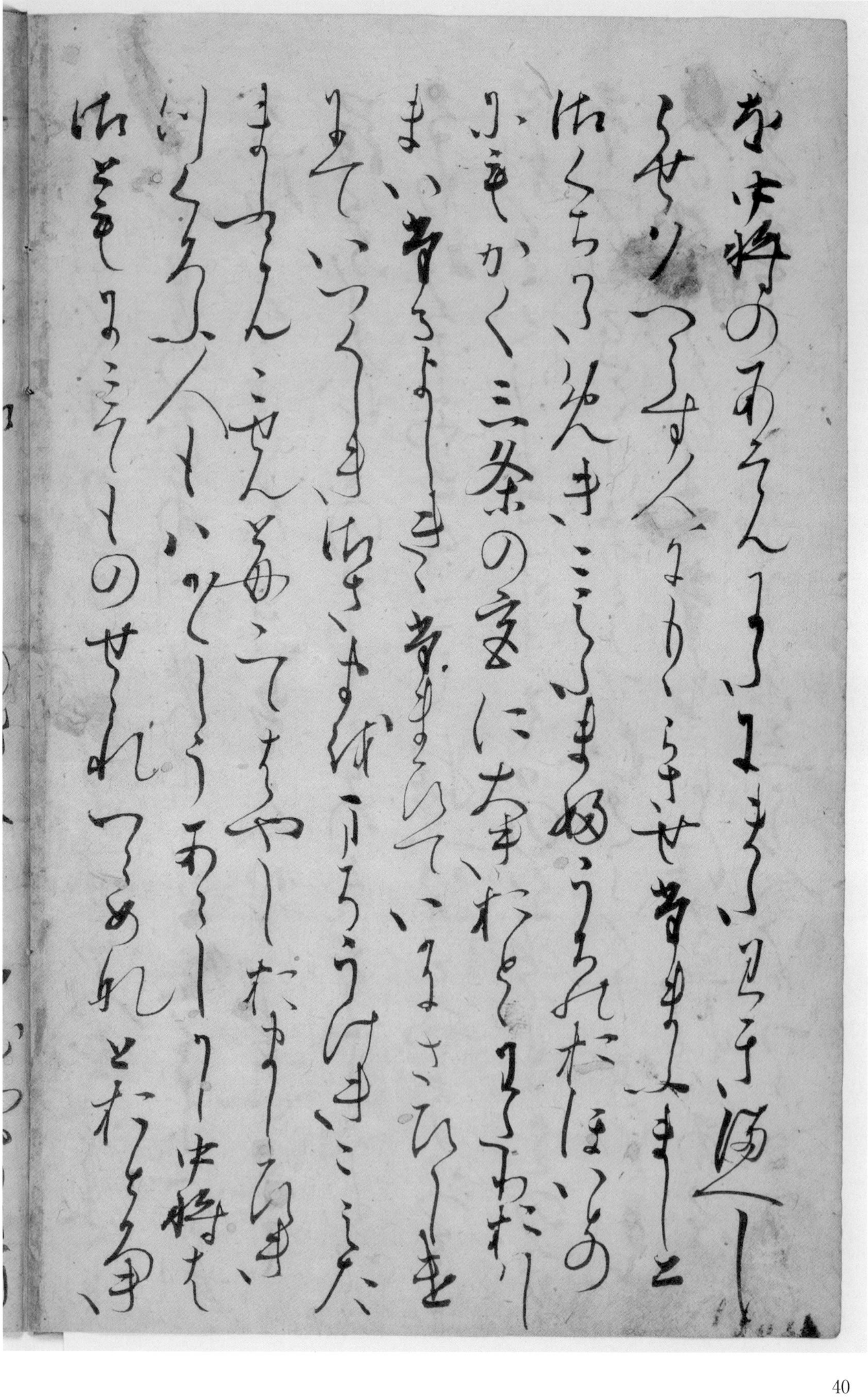

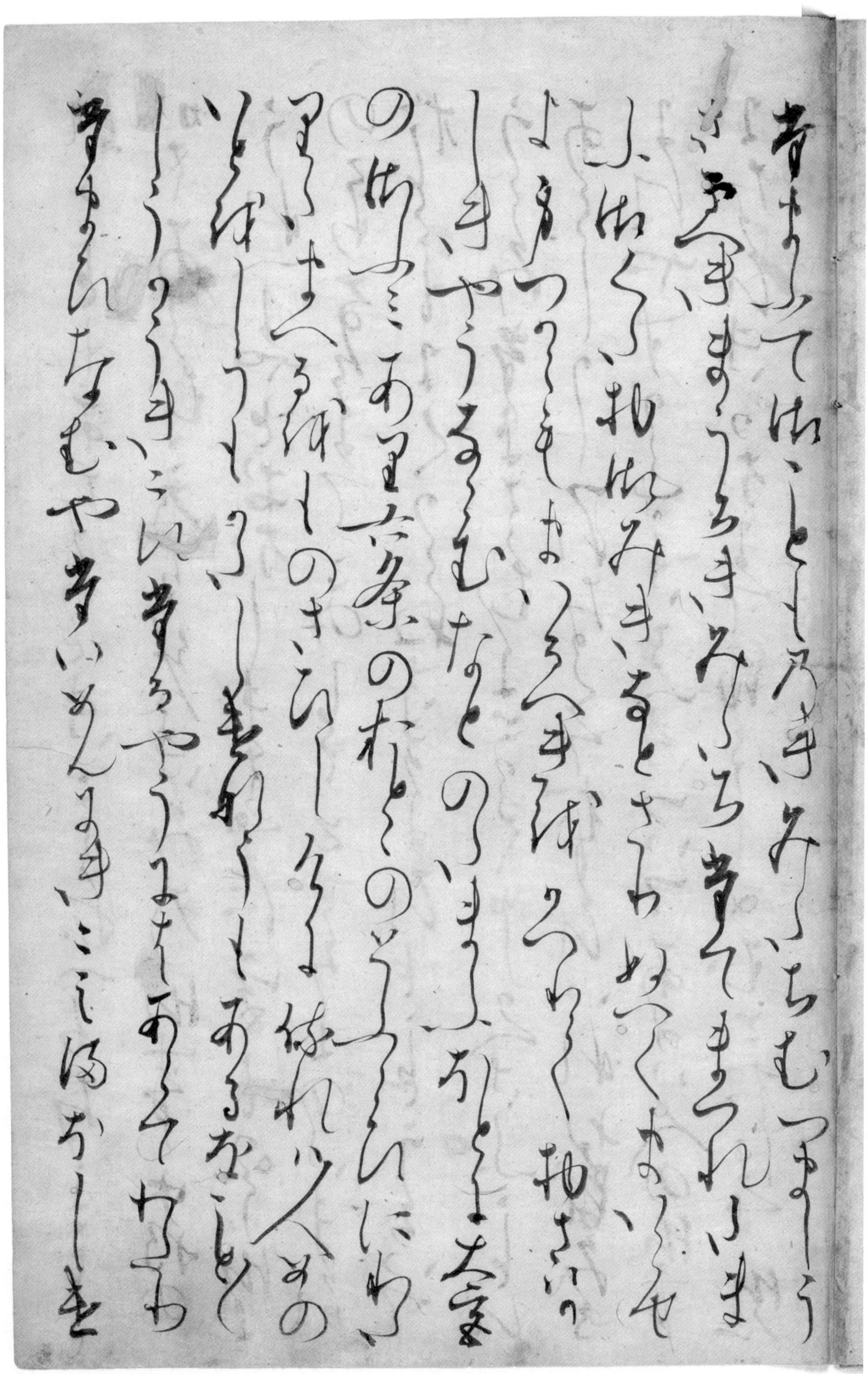

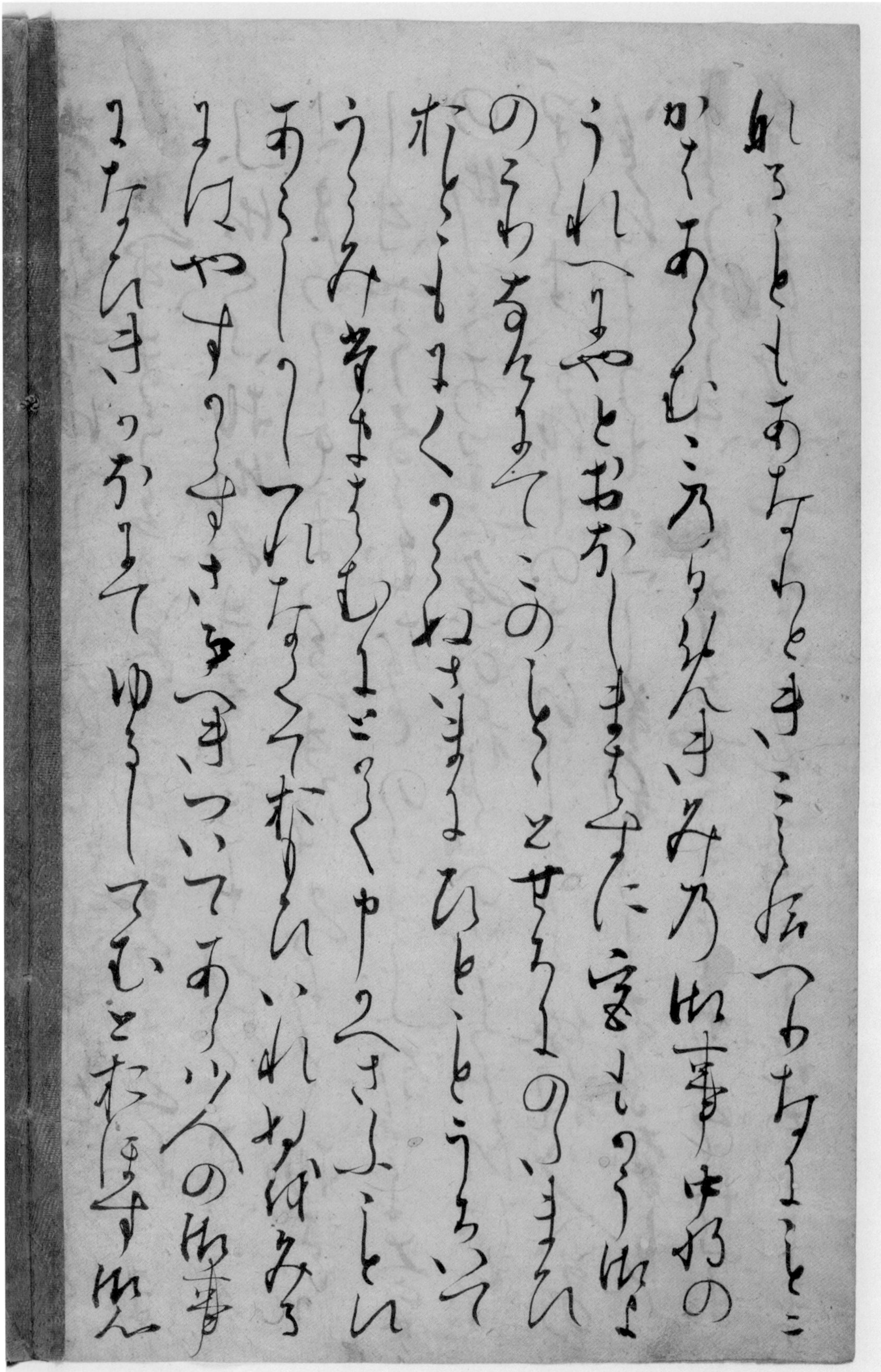

なさしあたせくのいまそむこともおほえひとも
思ふはいとくちをしき所なのむかし又なとの
さしもあらむとやすくいときこゆれ
御あやにくにころつかはしされきくの、
まれおほとも聞いめんまへくまゐらせたるに
やうくにつくしられしかはいとくこそは御心やすき
ふしいつきならむなとおほしたちおそはせし
そうくしもにひきつくろひてこせんなるともとも
ことくしきさ御よはいあるてうてあるまし

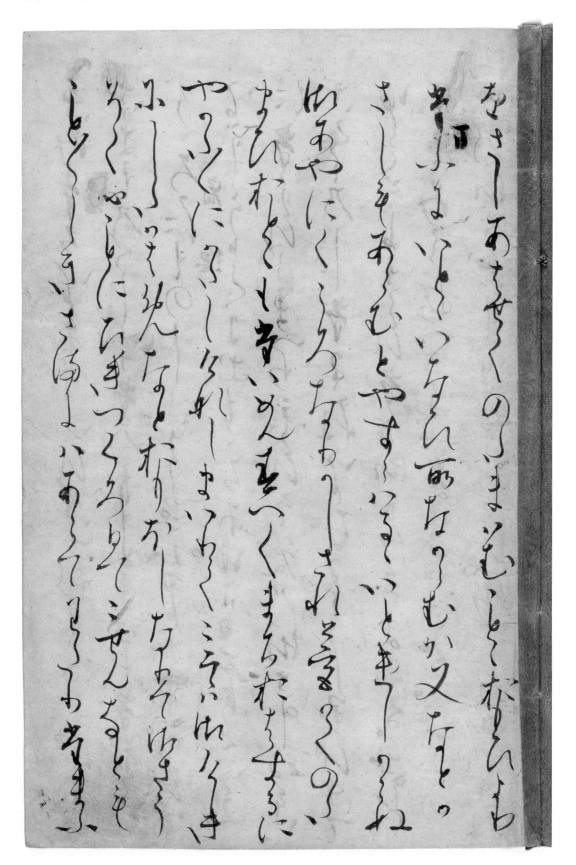

きみたちいとあまたひきつれてまゐりたまふ
さまもの〱しうふとりてきよけなるまうち
きみそゝろかにものしたまへるみゆきとさしあたれ
としうとく（宿徳）にておもゝちあゆみ大臣といはん
にたらひたまへりえひそめ乃御さしぬき
さくら乃したかさねいとなかうしりひきて
ゆるゝとことさらひたる御もてなしあなきら〱
しとみえ給へるに六条とのはさくらのからの
き乃御なほしいまやういろ乃御そひきかさね

てしうれしきおほきゝこすこしいとよくまへ人ゝも
ろそしひのわこゑまきわ姫のうしくゝ侍れひ
きつくろひまへふ御あるさまはなまめか
しそてもみえさせたまはぬきみにいちはやく
はいとわかしけはなる御ありさまのれいよりつゝれね
へりさう藤宰相春宮大夫なとも、いまたき、こ御
ふしともいみえさせいてつゝものし侍めるを
のつゝわさとしたるはおほけれはくやむに

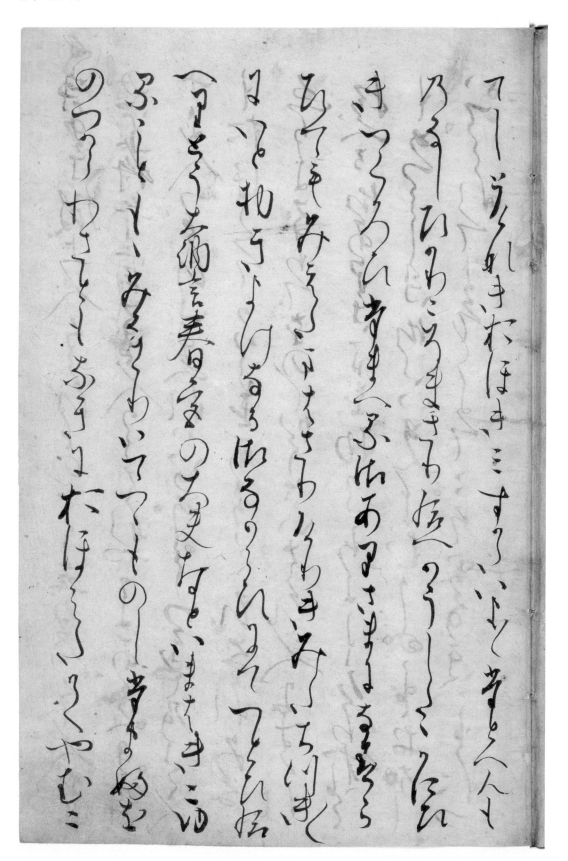

[illegible]殿上人くらひとのこゝ五位のくら人[illegible]
の中将弁官なとも人々のこゝちよやうてあるへしき
すゝし人つとひまいれはいのめしつきゝのくゝ人
日たはほそてのいとまあまたはひなれみゆる
あらはるそてのしかさいはひ人はすへし
[illegible]へるかたちあるをわきまへしらはれとく
きめつしきかいふへむしのとおかし
いてゝよきとよそこそいふのきいとにつ

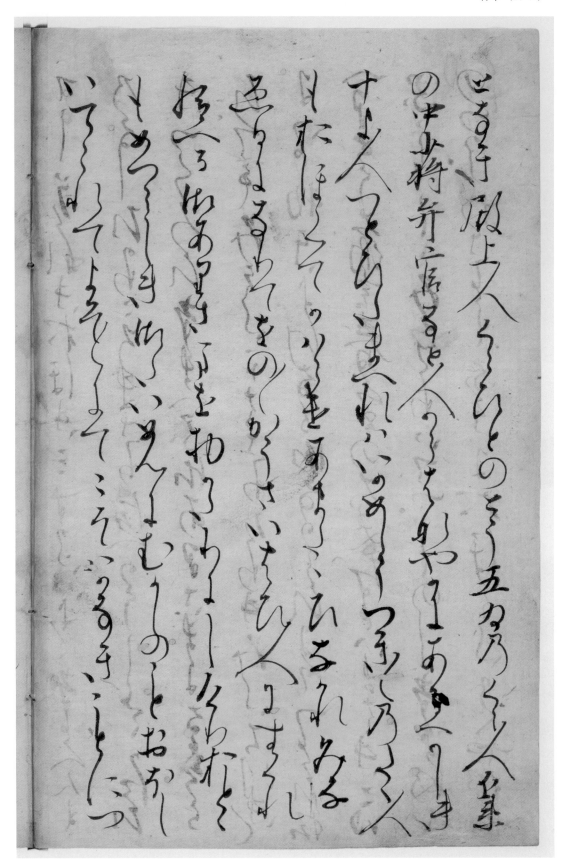

あていとほしけれは仰なとふとへのあれさしむの
ひきこしらへてはつみよいとあれするしとのを
おほしいてけれはゆつてゝあるくむつくれはと
ともそしうへ乃御物のまよひみれゆく御のう
きこゆとすゝめてはつきまよゆそてたあし
わめへのわまなをめしれはまのてうそうけ
すまたうはくしてましの御のうしやかた
ましとや昔の人のめてたうしける

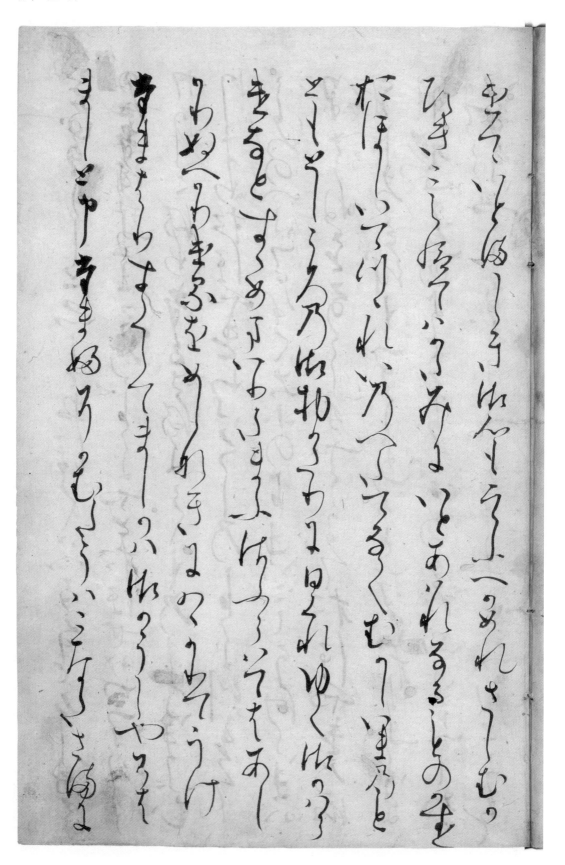

なむつらしと思しとおほくいへるをと久しきて
ゐんはよつはこゑしとまやとおほせはわつりしう
つりこにはちかきさはよくとのしいまうさむ
うちわたりなともわたくしのもとにまて
こゝろのへにつなく大小のときこしらけいまい
まかせねとるしつるやまてゝおほやけのは
うしろめわくとつまつるとなむおもひつゝまま
へしをすゝめのよとるわてさのみ思ひこそへしか
いとのきにやうなるしとしるものいへれとうるて

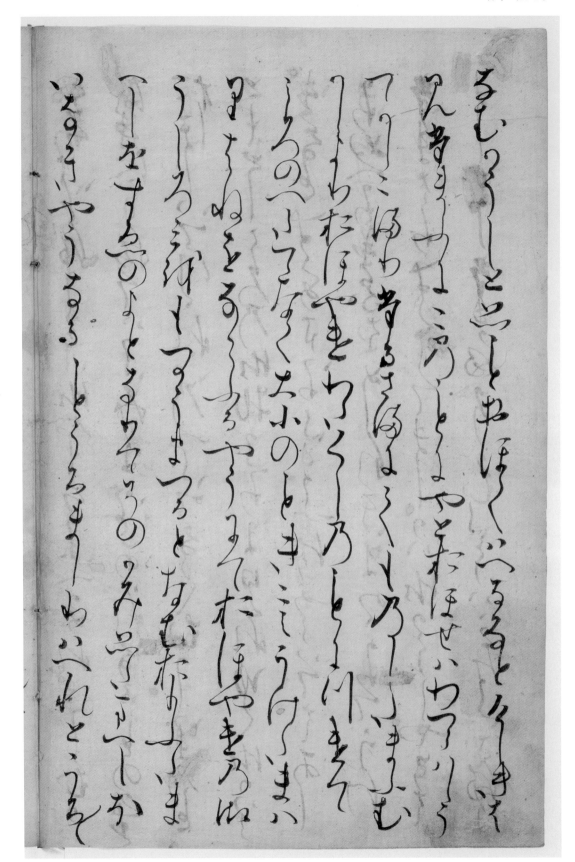

のわたくしとよころはおほうみ心さしは
さしにうつろふことなくあらむにともなくそつ
わたくしのさうしよきれはそてゝへのと
あらむこゝろしりけるをきゝめむねたるこゝろとも
いとまれなるものゝみそれはことのそうあるてうけ
きゝはつるまゝひとはおほしよゝまなるつしきし
きこえはかりこそみつかはらまきとひきしくめし
まゐるこそはきつゝひとのしねきめとなむ

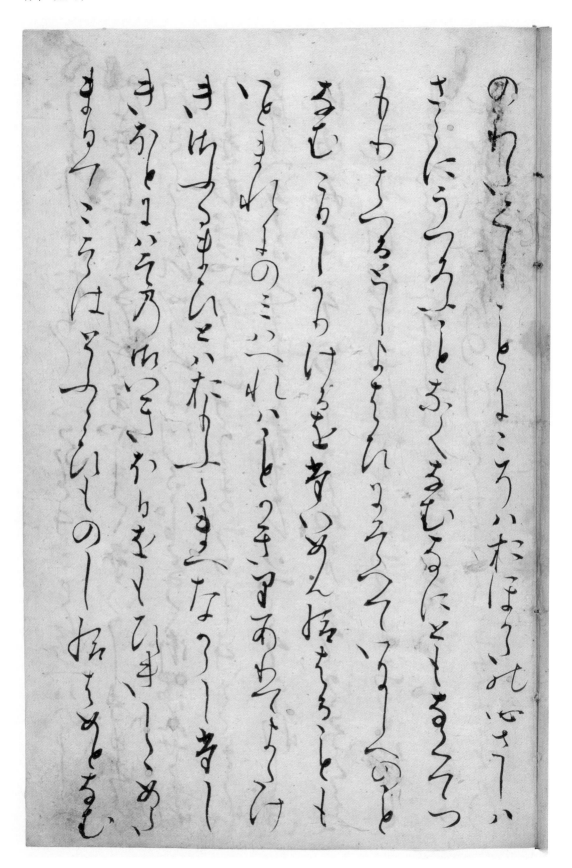

うるはしきおもむきいつるときこころはへはうはし
たまたにおもしろくれてあやしくきこしいまはしる
れさつれいつけるしきく御物せられ
しをおほやけにつかうまつらしきたまはね
るへきまつりすくしおもかれはつてうれしき
御ゆみそこそいかしつねありてのふくみね
こなよれ候ておほやけにつかうまつる給と
おのつくしおもりつまへし給ぬまたいつら
ねをよるまての川をかへてまうなを乃

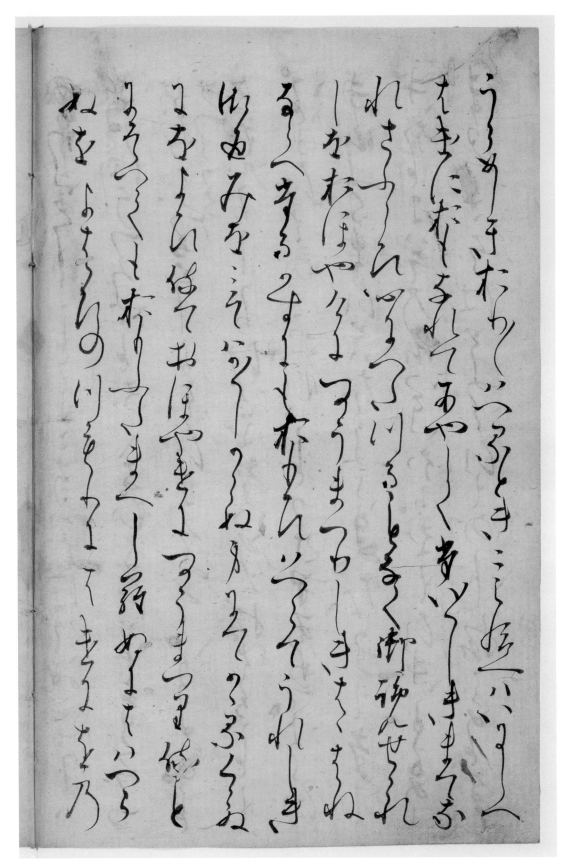

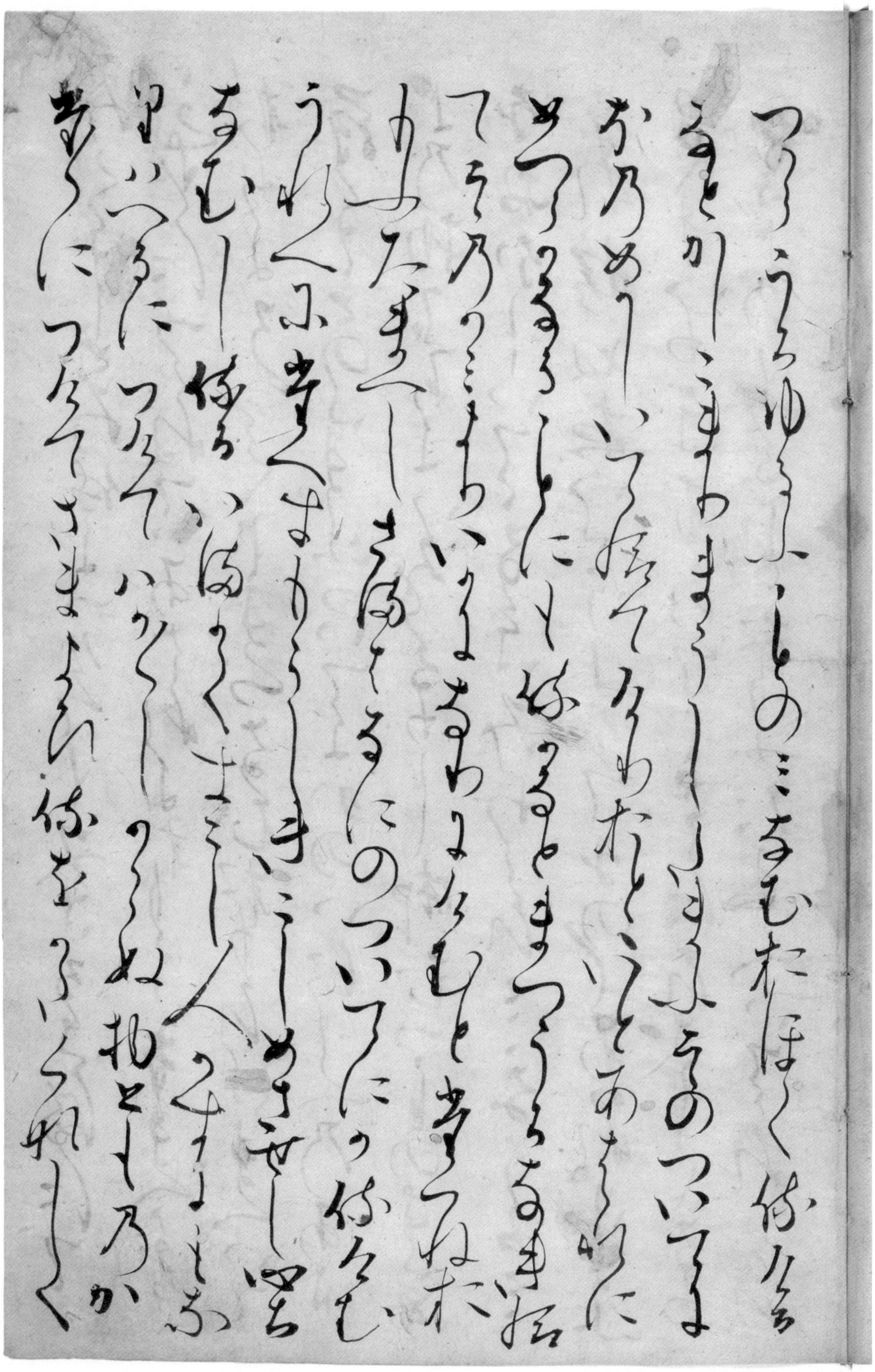

みくるしとみ給はつれとも又さるさまにて
まいりにつねていあきれよおかしき者まいらる
おもよろくしまつるむおかしきまいて
藤くさとのゝまふついてよかのいにしへ乃あり
よ乃礼ことゝ、みとるあし御むつとあさため
なおかしいてるさいみわかれこなうるこ
者れ振ね東ゝてうよ久てなのしあれはま
こくまゝあすにあれてたさうにたさしくるあ
おもよのしかるしとおかみたまへいてれこれ

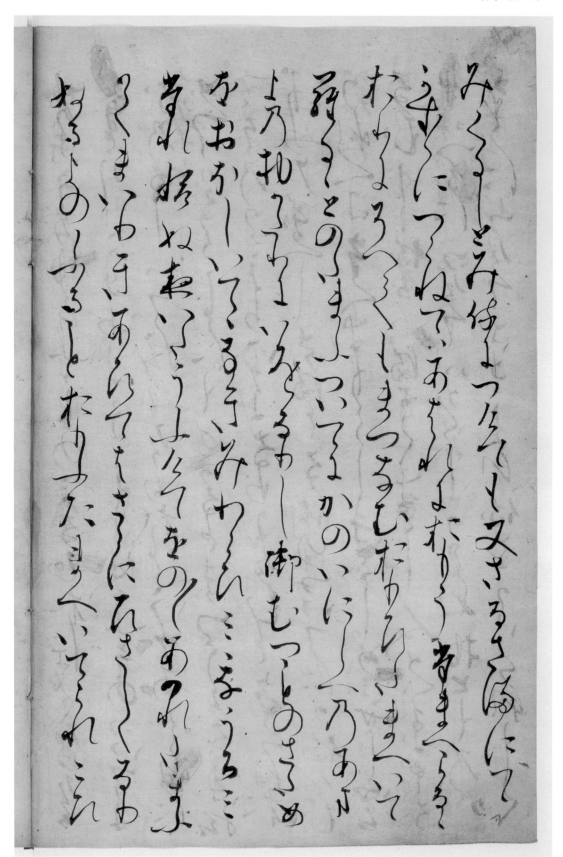

しきしものゝうきことにまうでもこゝろとし
まつゝすまてたえて心よはくたちまさりぬれ
今までのところにやうしかれしまゝ
宮たちまいてひんきなるさまのはべり
いつもあはしにまさる御あそびなかる
日なみにてまゐるよしあるまじくなむ
めづらしかりしことまゝあはれなる
しもしもしけれはゝつかふつゝてなれと
中将の御ことなとはうちいてしまゐらする

ねひよしよしうなまめかしとおかしをきこてまかれは
くちいれむとも人わらふくおもほしそめつ乃
おしこもり人乃心くしますこさしはさく
しうくてさこまるもすかゝれ申る心ち
したまへ人々わかもとしもはとにはさつる
ぬへきさはうちつゝきまさなきのしくもやとてなむ
人よ乃こ御わたことさしにるむかおほつくい
へろとまうしきまへはさこはまの御るやこと
よまうみえしはつゝのたまへるきこえし

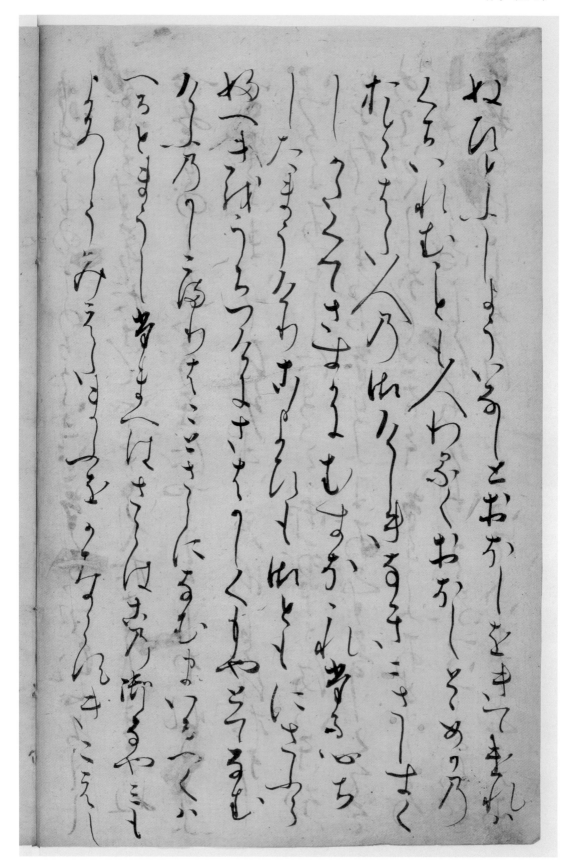

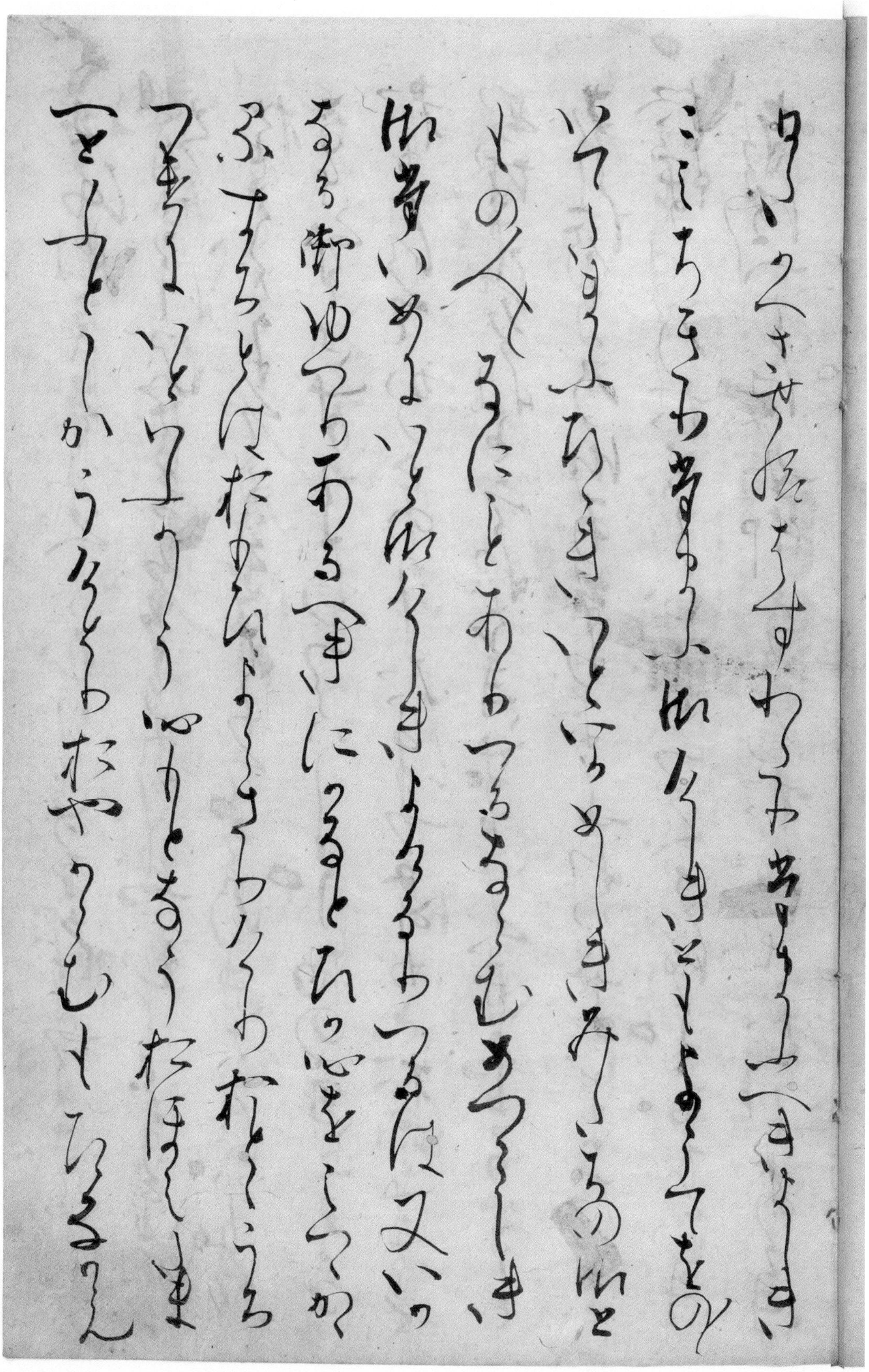

きこえ給へりしめなかなかにまさるゝめて
宮よりうつゝん給ふらち給まりしやむことなきつく
をさなくおもてうきてわたりてものきこしにかゝれて
るさきさすさすらわつふしけり御のき〳〵こえを
おもひてかくあつしたまへるめとにかなすたく
ちはしるれとこれをきこえすまへきことのふしと
さらにしの乃はあはれなりわけへ〳〵せむまたとか
おほしのわたらむきこゆるさはまかすのむき〳〵
常陸へらは女御るとの乃にはさ〳〵む事もあ〳〵

るゝおほせことゝもかくもおほしたゝむのゝま
さむをきこえたまへきしとのゝよろつもの
おしはかりくのまゝよは二月ついたちころこゝなる
なかの十六日ひかんのはしめにて、いとよきひなり
けりちかうまたよきひなしとかうかへ申ける
うちに、よろしうおはしませは、いそきたち
たまうてれいのわたりたまうても、おほとのにや
ありしさまなと、こまかにあつきゝとも
なきゝこしいまはあなかしこなれなんたまや

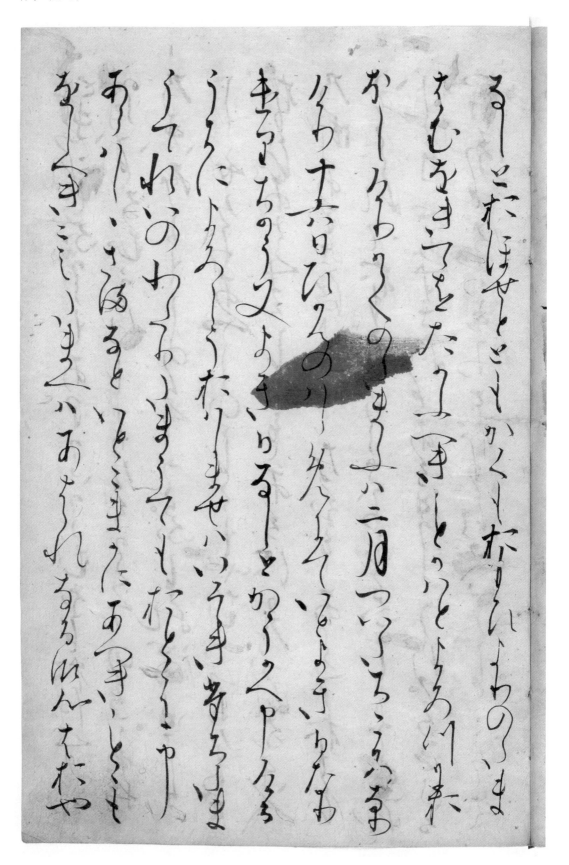

ときこしふのこともあらめ、いつむなとおほす物
のゝ、とるむうけしかくるのくそのろさ中将
乃き、みこしのそてうちしれ心のいまし
しせくわあやしのとゝしやむへちあくわと
なれあわんまふしとゝもあるに乃つれなくもゝ人
乃御あつかひとなかなかもあるまふなれ
いつれしてなれよつきわまるふしとゝこそ
しつゝ心ちまをすきれとあるまじうわたきまさる
つきかとるわきまあとなかれへすしとここそた

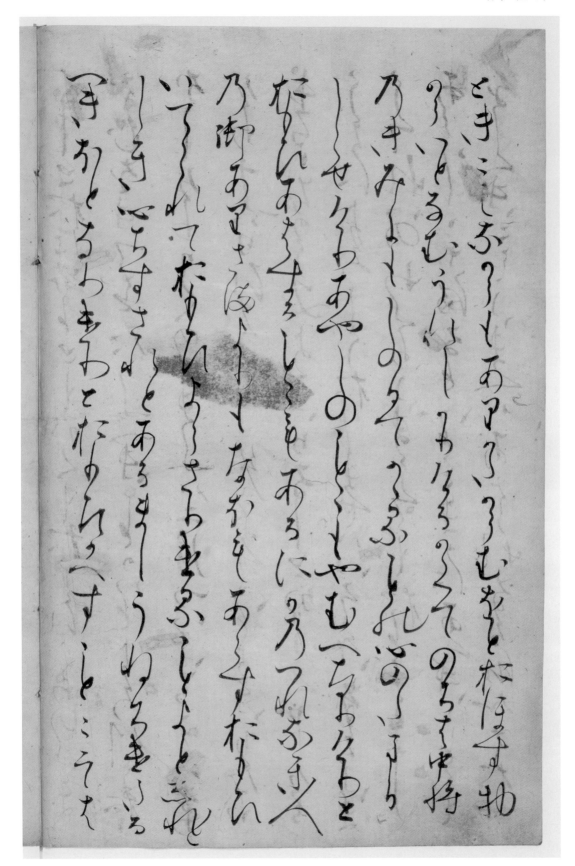

あはれにきゝまめくしさゝなまめれこそその
ひのつとめて三条宮よりしのひやかに御つかひ
あり御くしのはこなとにはかなれと事ともいと
きよらにし給て御文にはきこえむにもい
まゝしきありさまなれはけふはしのひこめはへれと
さるかたにてもなかきためしはかりをおもほしゆ
るすへうやとてなむあはれにうけ給はりあ
きらめたるすちをかけきこえむもいかゝと
御心にしたかひてなむ

をこつゝにいひもてゆきてハ、当宮くまと
まうけ給へれはねつきとこなうハ
ところつゝめりしうわさつゝ中宮へほにとのも
こなたりはすいしましてこゝしも御猶しきり
むつかしとおほれハみゝすまして大臣いなゝふれ
かみかきころれとハ、きしやこのはてもむつかし
上はよものし給まいるはうまつりて
あやしくおいゆく物こそあつまれいと

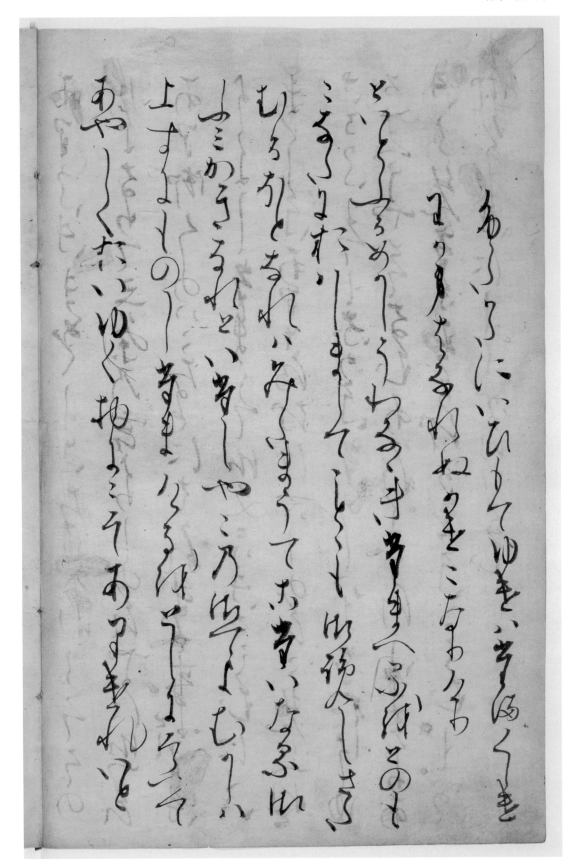

からく御てふるひにけりなとうちかへしみ
給ひてよくも玉くしけにまつはれ
たるかな卅一字の中にこともしはすくなく
そへたることのかたきなりとしのひてわ
らひ給中宮よりしろき御もからきぬ御さ
うそく御くしあけのくなといとになくてれいの
れいのつほともにからのたき物心ことにかほり
ふかくてたてまつれ給へり御かたゝちみな心

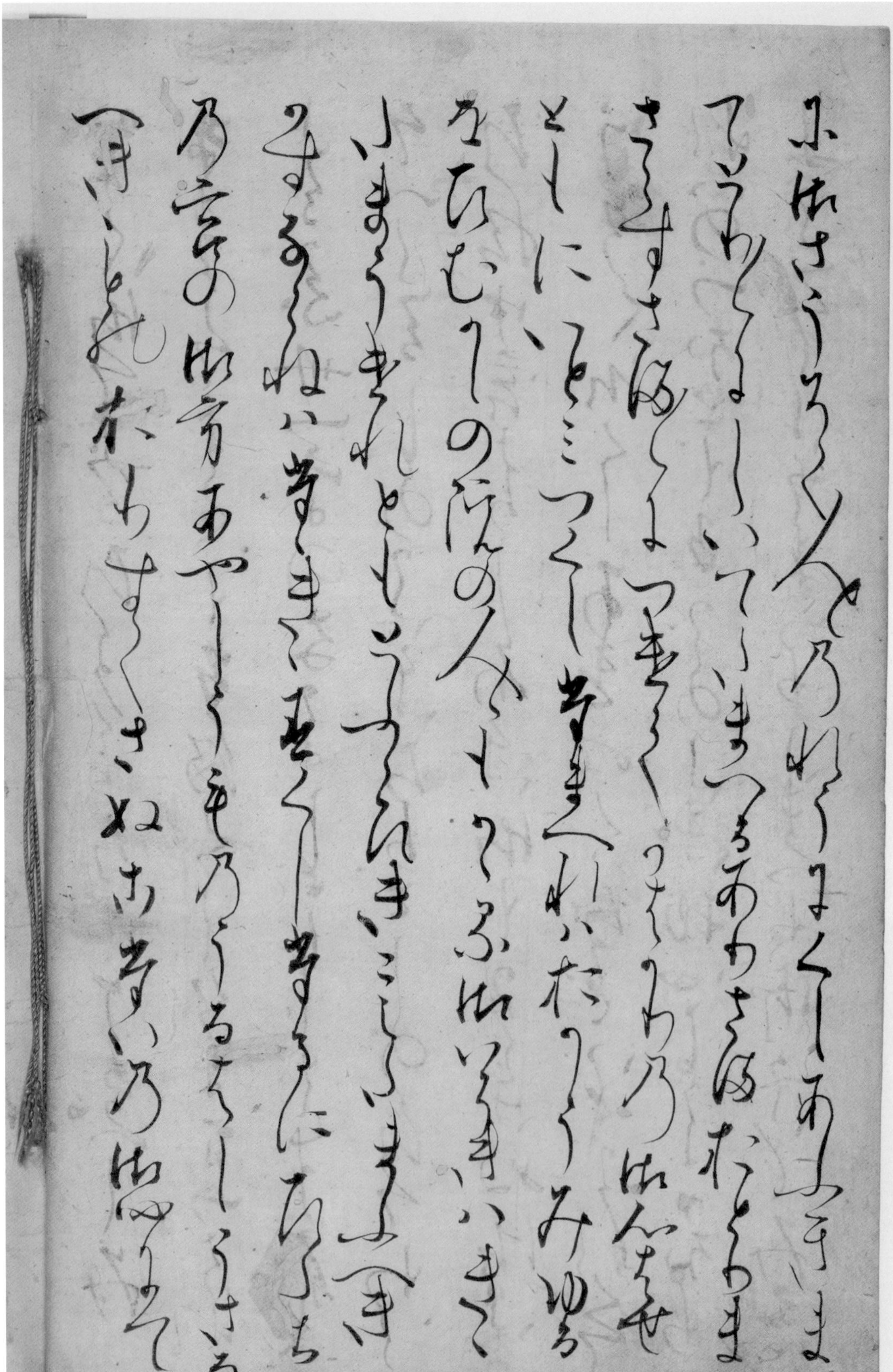

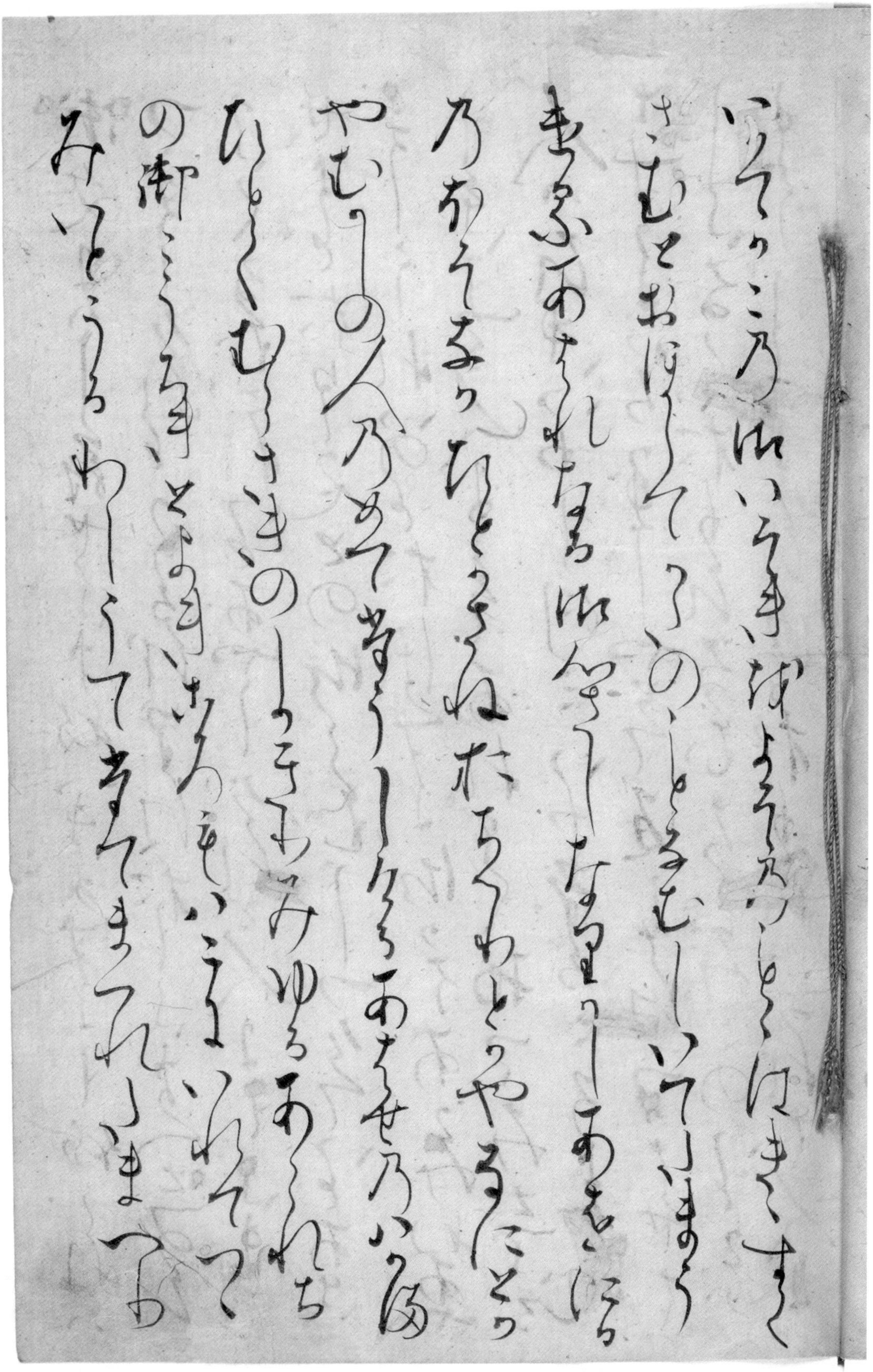

御文はいし驚せさせ給はぬへきのみすまし給ぬれは
つましくれはとつるはきはおもひけるへきつれ
ろくなむこれはとあやしくれと人はもいまた
せむとおほしつゝとの御ゝむしつゝていとあさ
まいられぬのとおほしけるは御のふあるみなめや
しきいしう人はこそあれのく抽つみきこゆる
人はひまあらし例ゝ、つ書ゝころよたれ
さはかりなるましやとて道しはつゝせたく
しるくおほれなむもちみこのことゝふ
しゝしやまれくらおほれいつれか人は

おとゝもいとゆくりなき／やときゝこしまよ
めゝうるまゝの事あとにれいのあまるしすまゐれ
うしゝあゐめなゐ
わつゝあそうしみられかれつこらも
きゝつらうとにあれはすとたわいゝ
おほむていむつしきにあるしはゝをわかれ
しうみるまかつうつよそのうつのすゝすまする
おしゝよくすゝ和のおしきてねむしき
まちえてこのうちよりつもかとこそましてゝ
ふりさるつゝるくてところせのかくむとてをたし
みかていまよふてこの道しとけはつしうそもわかせん

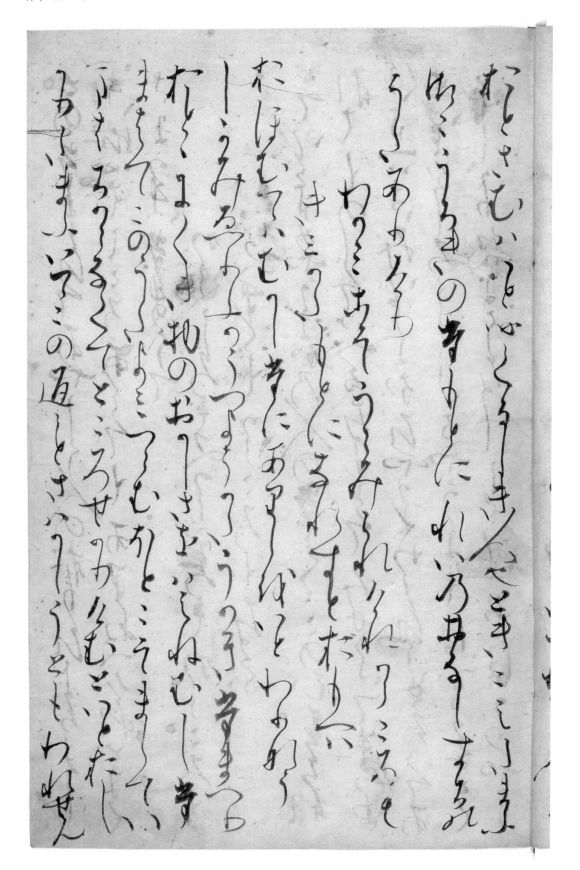

このきみにてあやしう人のおもひよろまし
きゝはなきこころあるにてもあまねへそれとなく
さまの事さまにて
かゝころを文のこころもかゝころも
つまくとつこころもちする
そいてをさめやうはかの人のきくこのむまされ
れたものしていつろあへとてみせたてまつる
いさまへいきみいとよおかしやまわれいまそゝてあ
まてをかしうこころやうまもはへるの子とく
ふしみねようなるしとてはおほかあやう

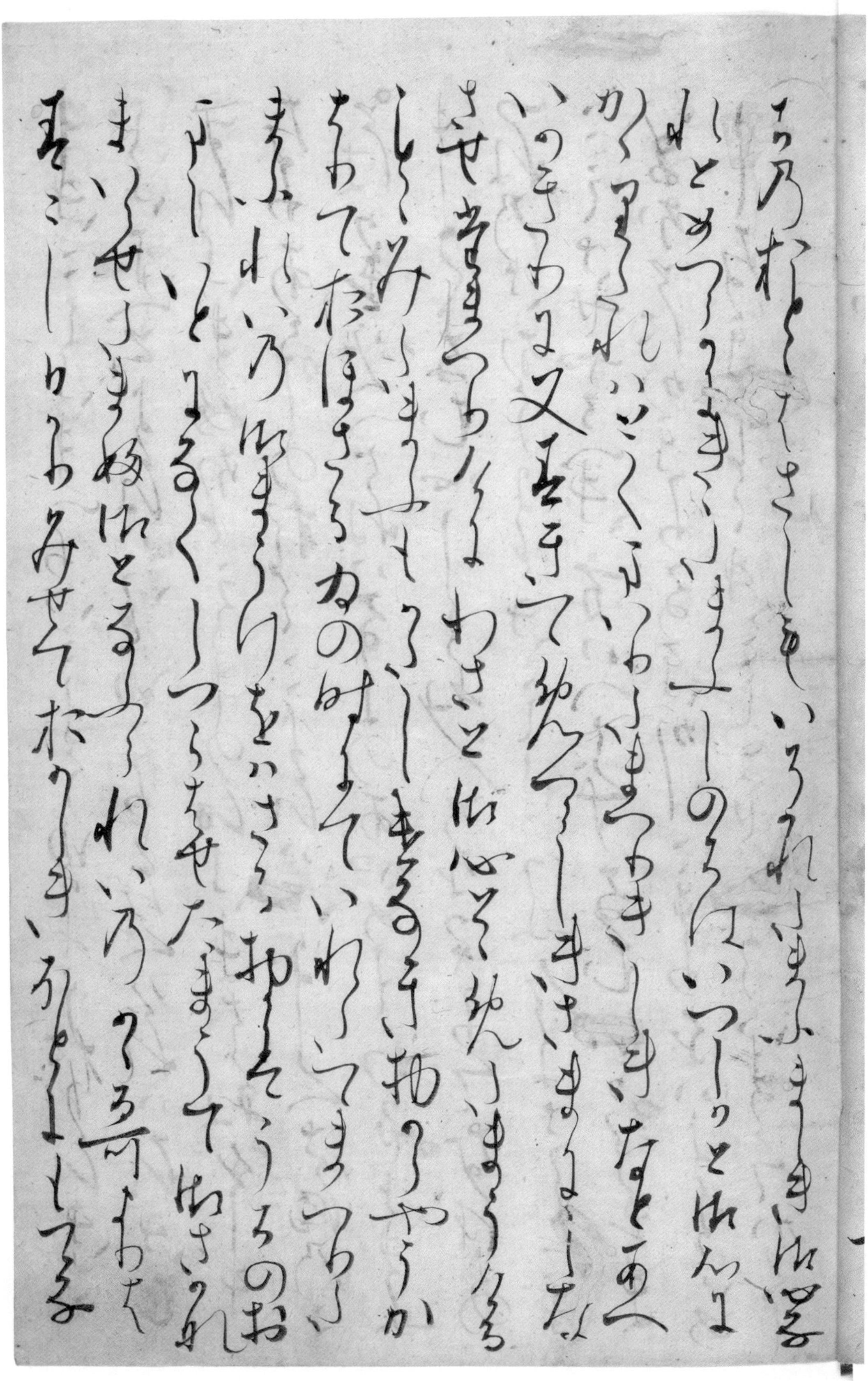

しきこゝろまつはつゝミしくゆのしらおれきゝこ
こゝろへとだによれはをゆくかたへそれはひきむ
すゝりゝまぬかとえのひしまたねりもきゝ
なむあるのおとこまれはまなしくさ乃に
とはくるしつねはなすゝのあやめしわやしまう
ましくなむいしねへめなつさかてなれよあ
つね乃さゝあうりまときゝこしらまよくよさてこは
こえさせやるへき方いつくすなむ所かいきもまゝ
ゝろおもにかゝるあるかしこまりはよしつゝめ
しなすとききゝこしさせたまひいまそてかくし

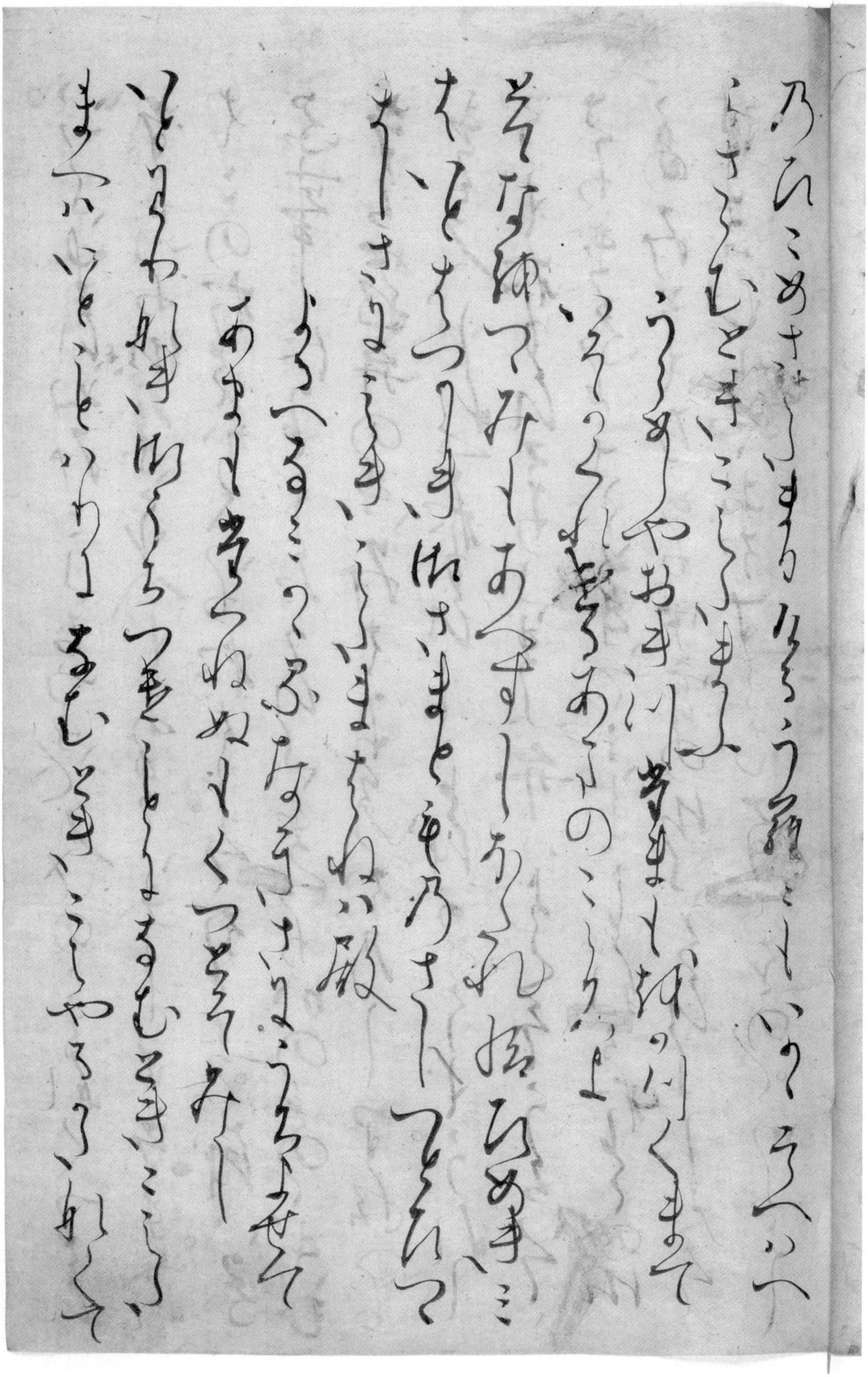

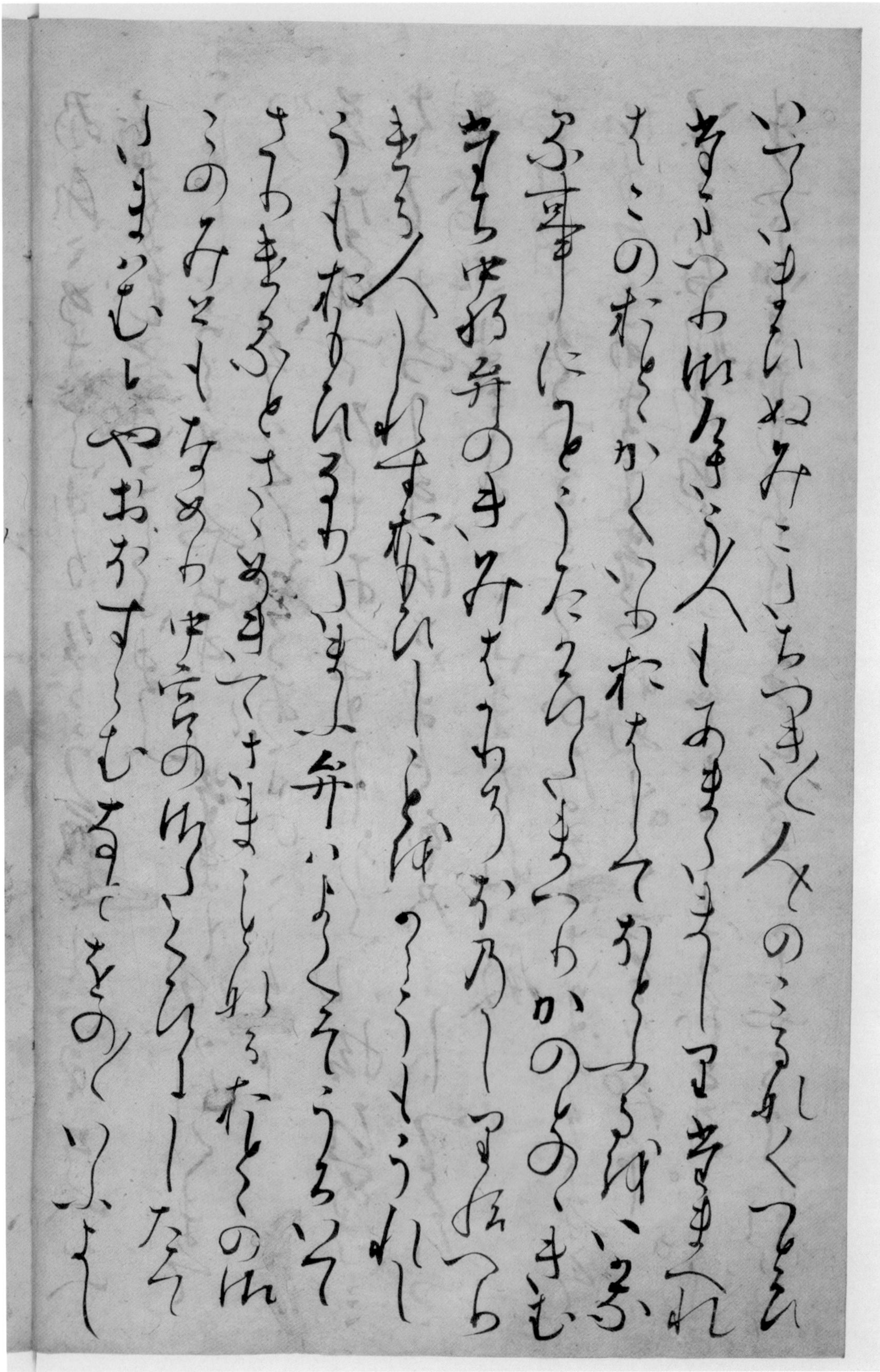

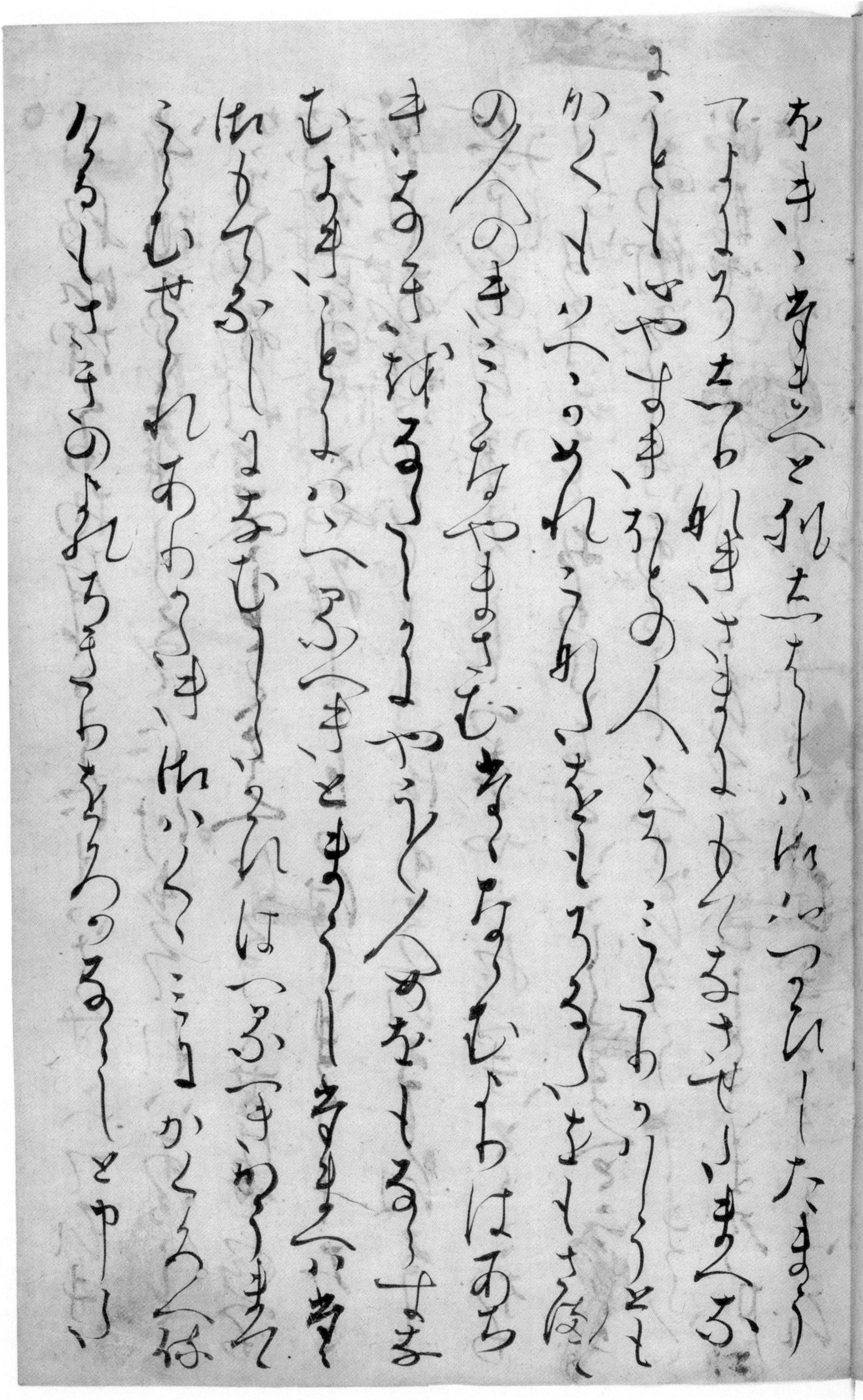

[illegible]ねはかゝる物なとさうにもいはみすらてひき、
いそ物ろくそしるてにもきそれいあること
かうさわされとも又ことくさにいるくやけなをなり
れか宮の御事やみよしとつけはりしまうしなこ
早もあれいとしゝき、はあられるとはるし
参ての宮ゝまたしとつきをやかねへき、そこなか
となきいなをとおもふちきゝこしまくとえかと
よわ御くしき、あることをさされうしまうく
おほせしとにしゝうえてあむ、しとさまのか
いそもかくもたかれさうらむ、つき、とろうきれ

させ給(まひ)つゝちゝおとゝはかのなるあしかさまは
いろさきやうに又みむなかりつゝかなるゝとみえた
またゝのこしてもしりてるしにほき
しなを中心もとめつこひしをりひきこれ
こまかつかうの御ゆめしまいにおほえ
せうと女御たちのかはいつみなることの宿を
きこし召すよのひとときてまたし
このとさましとせちなこめいまくとくちきの
なきとのいよのへなかなかちうんこいらせ
しつやしきこしそくろのさいな

物のきこえて女御の御まへに中将少将さふらひ
たまひて殿は御むすめまうけ給
ふへかなるはまことにやいかなる人二方に
もてなさるらんときこゆれはかわりなからわと
あふさきに乃ゝまへハ女御のこゝしと
おほしてものし乃給ふ中将のし
つかへきゆへこそもの少将あさてもいの
をことをなくゆかしからうそてたまう
ろねいひますなね女方をもころみ

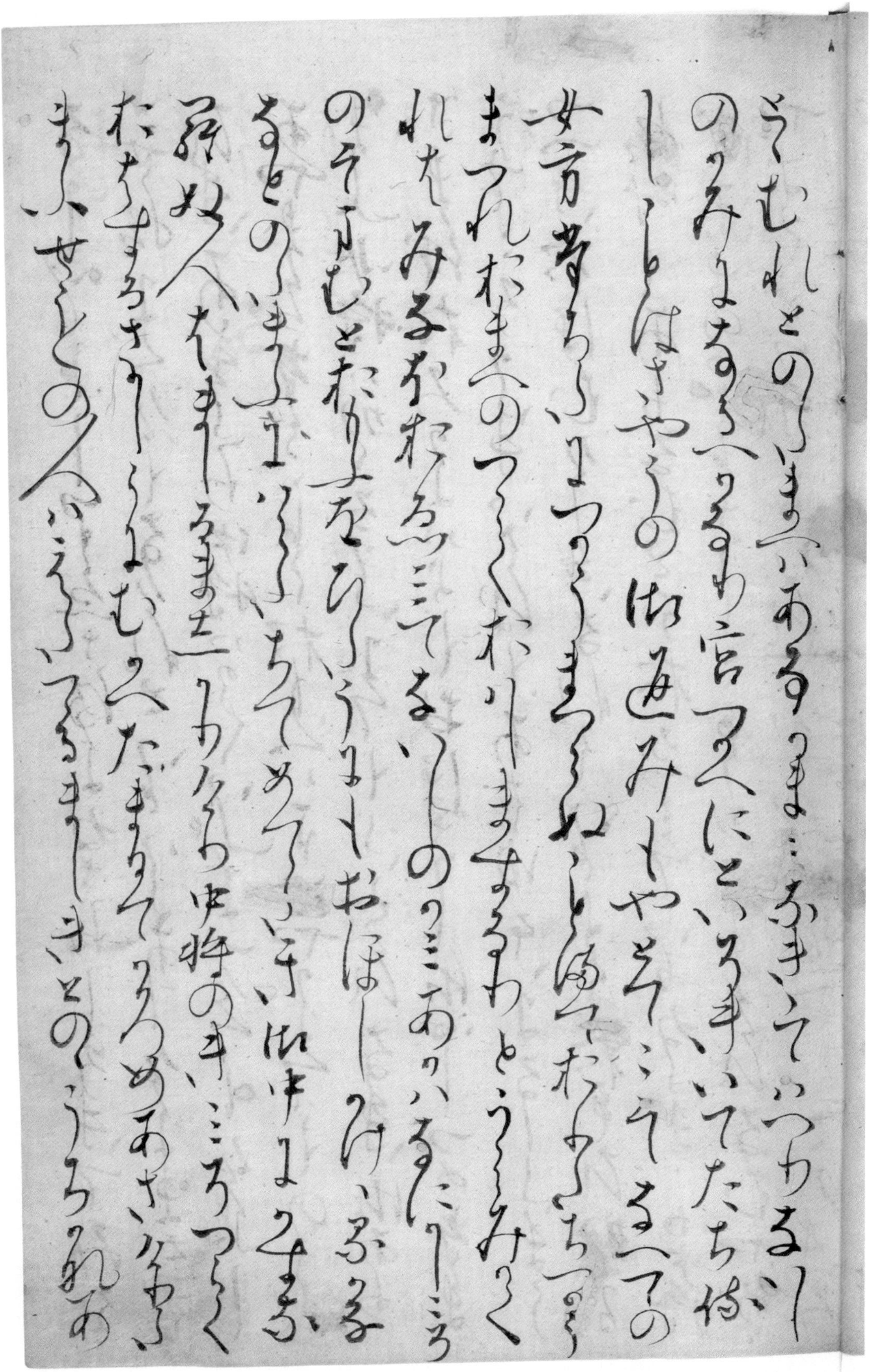

るましとしつるへさまにゐさりしりそきてみを
こせたまふにくけもなけれといとはらあしけにめしり
ひきあけたり中将はかくいふにつけてもけにし
あやまちもしつとおほせはまめやかにてものし
たまふ少将はかゝるかたにてもたくひなき御あり
さまはおろかにはよもおほさし御心しつめたま
うてこそかたきいはほもあはゆきになしたまう
つへき御けしきなれはいとよう思ひかなふ
時もありなむとほゝゑみていひゐたまへり中将
もあまのいはとさしこもりたまひなむやめ
やすくとてたちぬれはほろほろとなきてこのきみ

きむたちさへみなすけなくしたまふにたゝ御前の御
心のあはれにおはしませはさふらふなりとていとかやすく
いそしく下らうわらはなとのつかうまつりたらぬ
さうやくをもたちはしりやすくまとひありき
つゝ心さしをつくしてみやつかへしありきてないしの
かみにおのれを申なしたまへとせめきこゆれはあさ
ましういかにおもひていふことならむとおほすにもの
もいはれたまはすおとゝこのゝそみをきゝて
いといたうわらひ給て女御の御かたに
まいりたまへるついてにいつらこのあふみのきみこなたに
ふとめせはをといとけさやかにきこえていてき

さいゝとつてこそみをたいはやき人まてく
いつまてあひきこえんなき、このみのこはなるとつき
のれいよそくはものせさせしと、てとめやうてゝの
さまへは、とられしとおもひてさしもれくきこ
まうしはかしうなしつとこの女御殿なるその内
かの御きゝ、こゝろ侍てむとおほのこゝろれて
なむはつひつるはなる事へものしさまこや
うしなき、さまふれしはゆめことみしこゝろゝし
はてなむもわすてはへきこゝふやうは侍とや
さまよ。きこしつゝとものさやうなるへき

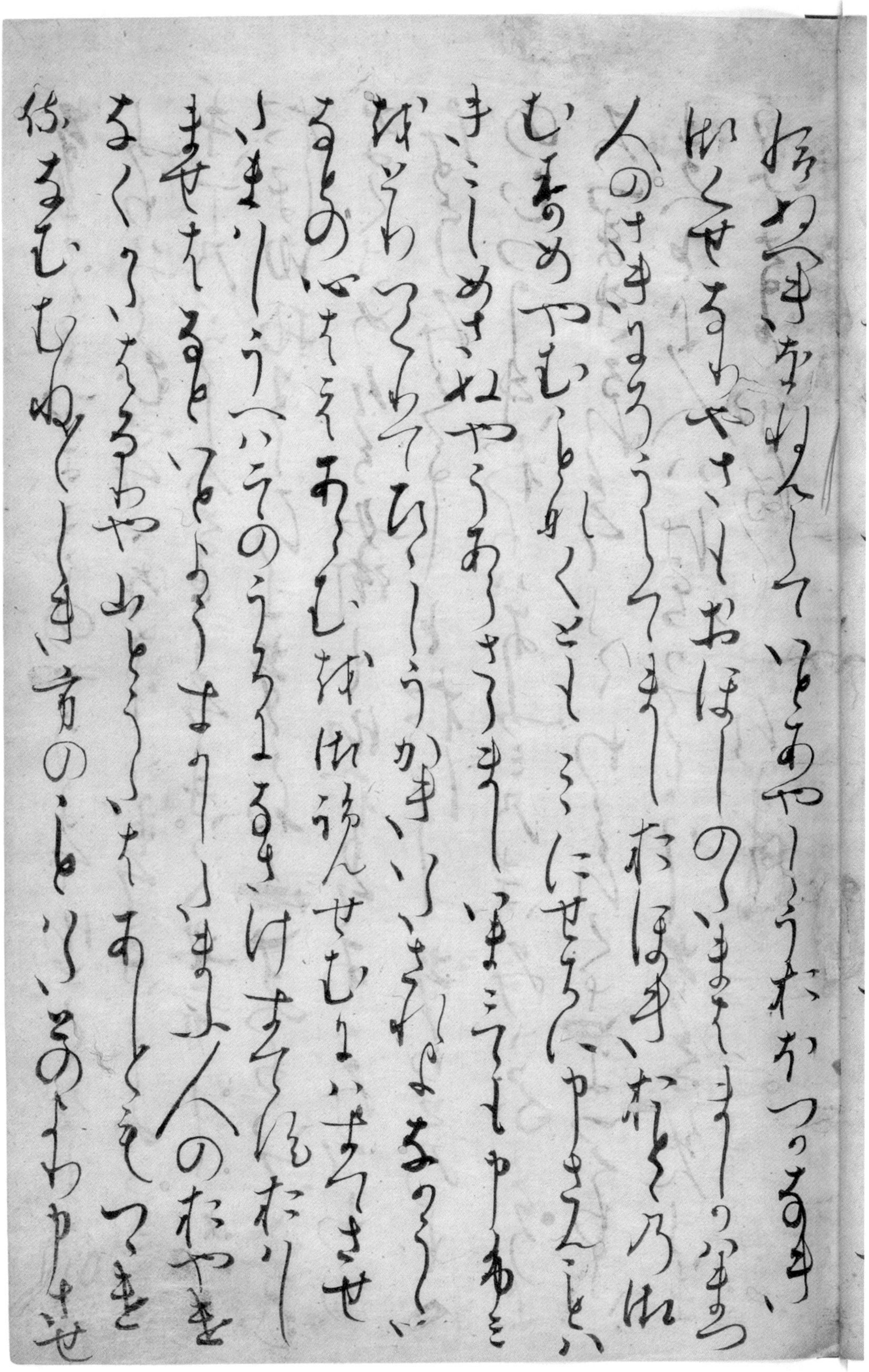

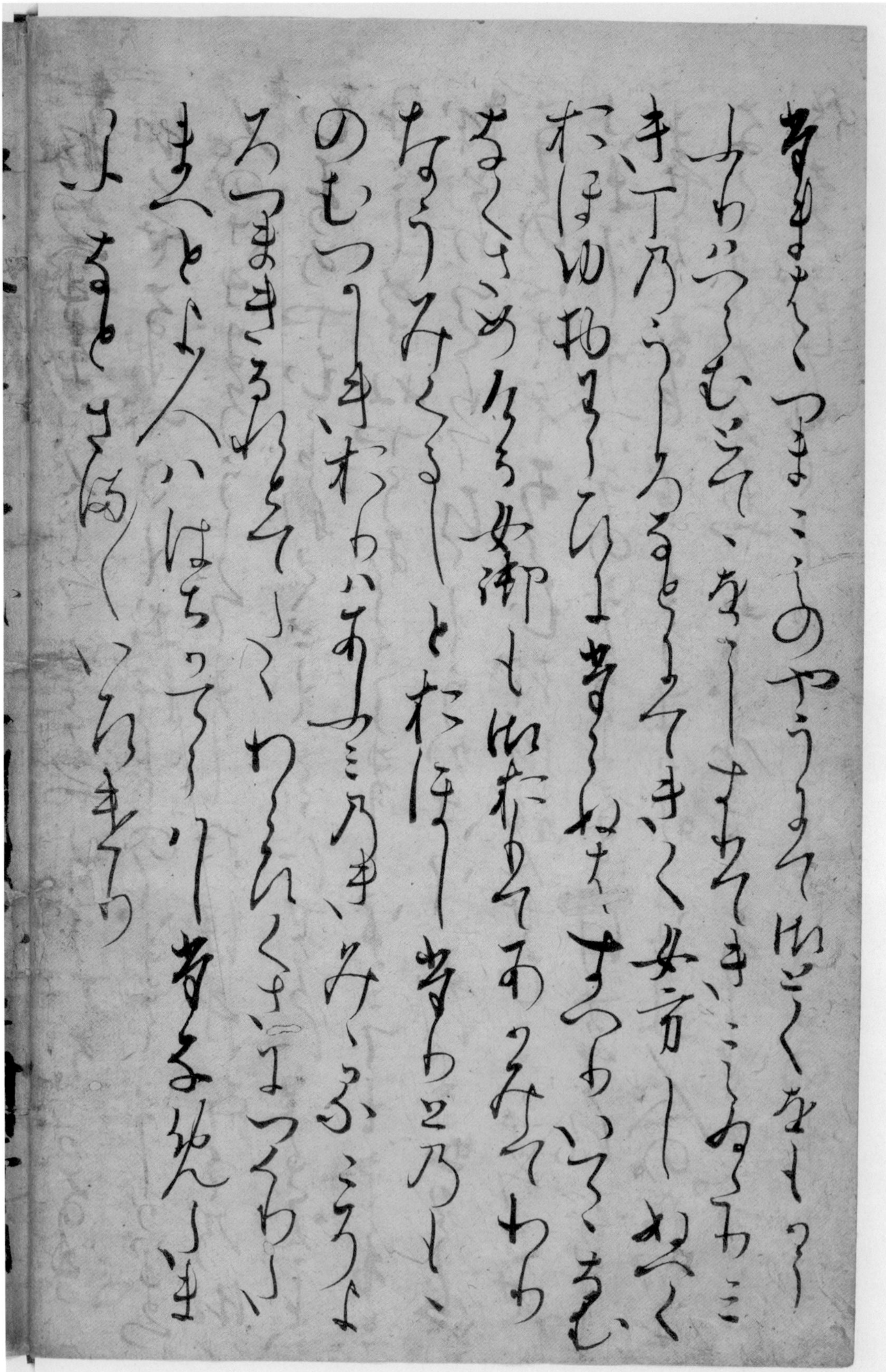

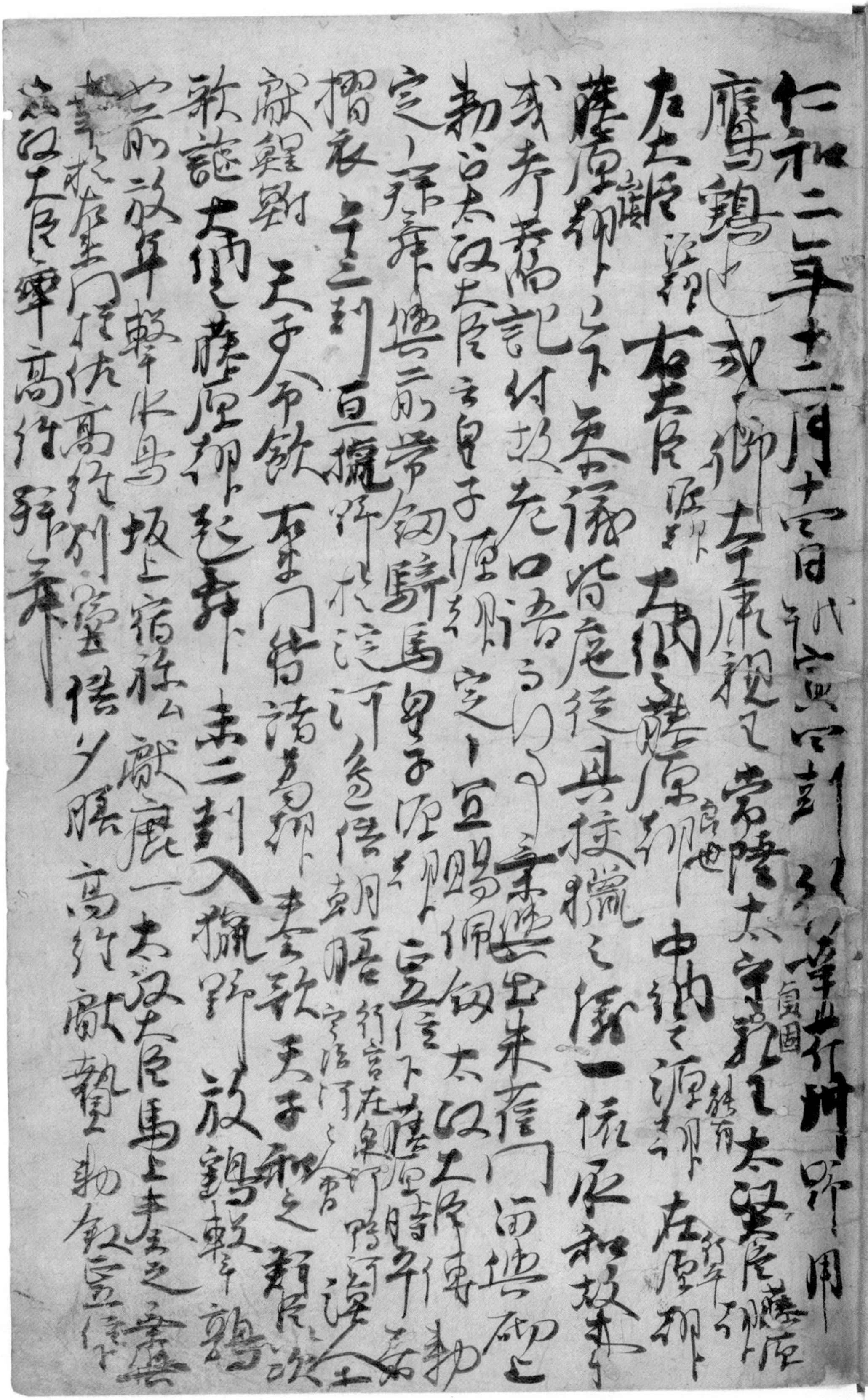

仁和二年十二月十四日戊午寅二剋行幸芹川野用
鷹鷂也式部卿本康親王常陸太守貞固親王太政大臣藤原朝臣
左大臣源朝臣右大臣源朝臣大納言藤原朝臣良世中納言源朝臣能有在原朝臣行平
藤原朝臣以下参議皆扈従且其擅鷹之儀一依承和故事
或奉為記付故老口者云々承此出朱雀門而進御也
勅以太政大臣言皇子源朝臣定之亘賜佩刀太政大臣許使勅
定之拝舞僕悉以前常勾騎馬皇子源朝臣宣位下藤原時平[illegible]
摺衣寅三剋亘擢野於淀河[illegible]信朝臣行宮在泉河陽河
献鯉鮒天子命飲至朱雀門皆諸葛朝臣奉歌天子和之群臣
歎誦太政大臣藤原朝臣起舞未三剋入撫野放鷂較鶉
前放隼撃水鳥坂上宿祢献鹿一太政大臣馬上奉之
幸於左衛門佐高経別業借夕膳高経献勲勒叙位
太政大臣率高経拝舞

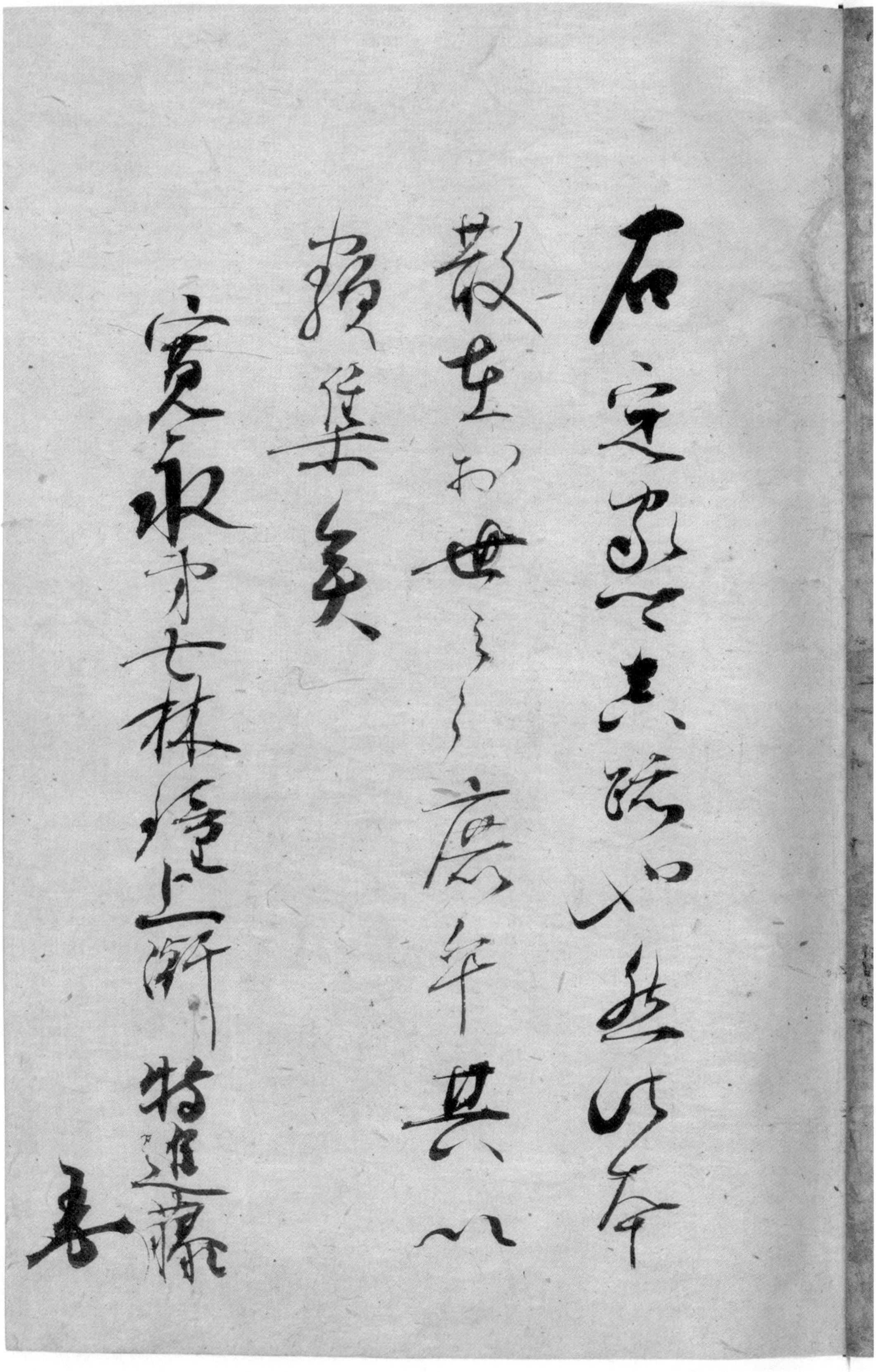

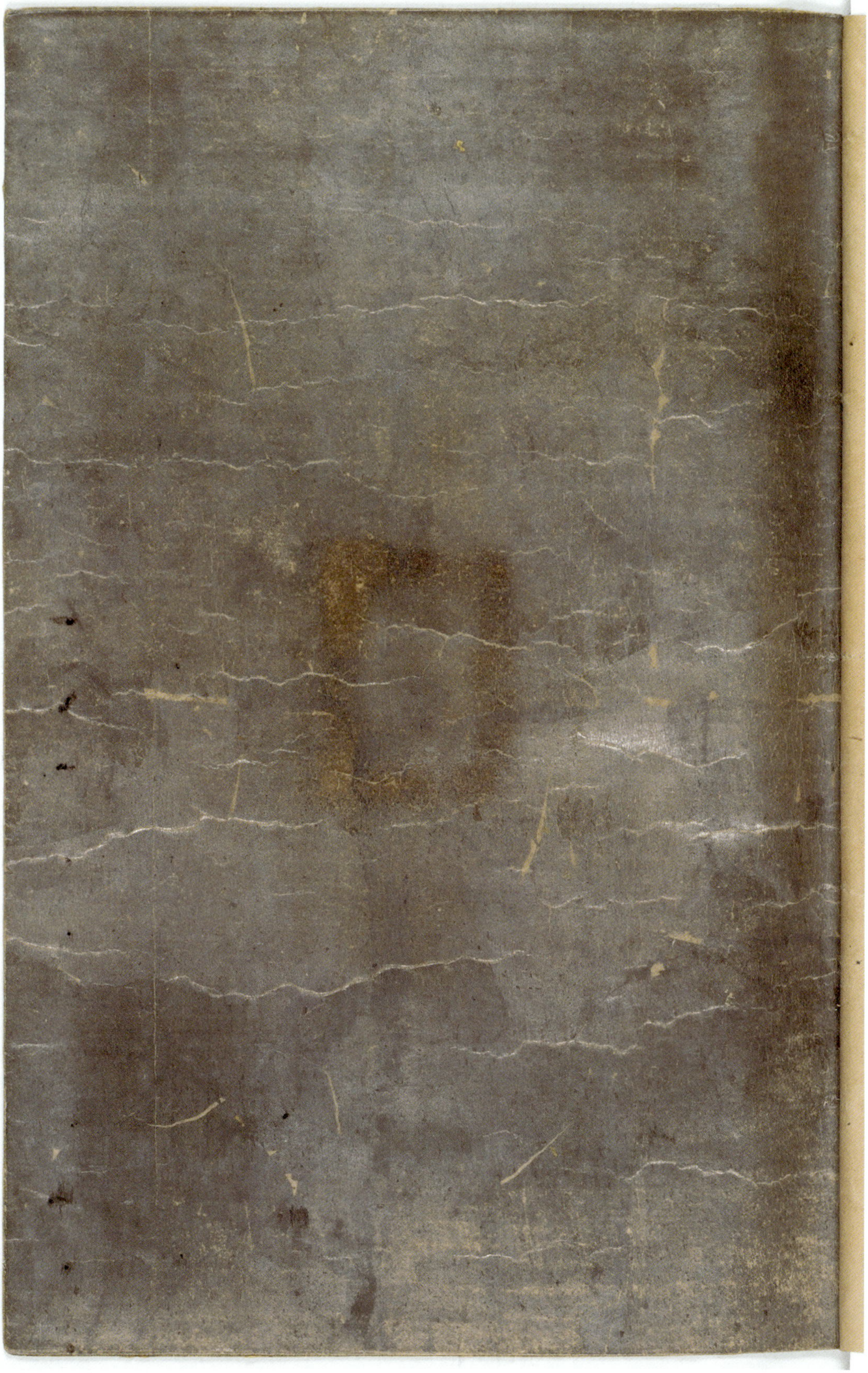

早蕨

やふしわかねは春のひかりをみ給ふにつ
けてもいかてかくなからへにけるそとゆ
めのやうにのみおほえ給ふゆきかふとき
〳〵にしたかひはなとりのいろをもねをもおなし心におきふ
しみつゝはかなきことをももとすゑをとりていひ
かはし心ほそき世のうさもつらさもうちかたら
ひあはせきこえしにこそなくさむかたもあり
しかをかしきこともあはれなるふしをもきゝしる人も
なきまゝによろつかきくらし心ひとつをくたき

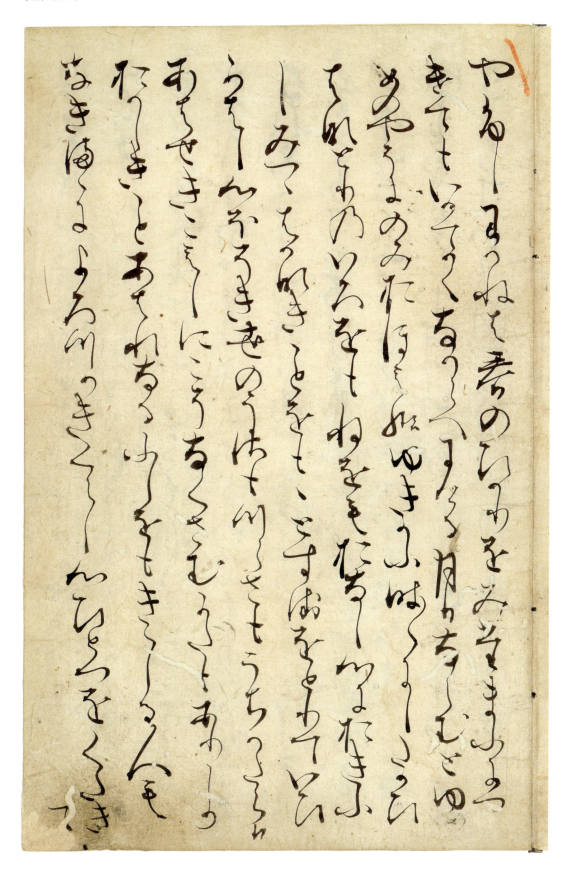

宮のおはしまさすなりにしかなしさよりもや
うちまさりてこひしくわひしきにいかにせむと
あけくるるもしらすまとはれたまへと世にと
まるへきほとはかきりあるわさなりけれはし
なれぬもあさましあさりのもとよりとしあら
たまりてはなにことかおはしますらむいのりはた
ゆみなくつかうまつりはへりいまはひとところの
御ことをなむやすからすねむしきこえさするなと
きこえてわらひつくつくしをかしきこにいれて

これはわらはへのくやうして侍るはつをなり
とてたてまつれり手はいとあしうて歌は
わさとかましくひきはなちてそかきたる
きみにとてあまたの春をつみしかは
つねをわすれぬはつわらひなり
御前によみ申さしめ給へとあれは大事と思
まはしてよみいたしつらむとおほせはうたの
心はへもいとあはれにてなほさりにさしも
さぬなめるかとみゆることのはをめてたくこの

ましけにかきつくし給へる人の御ふみよりは
こよなくめとまりてなみたもこほるれはかへり
事かゝせ給
この春はたれにかみせむなき人の
かたみにつめるみねのさわらひ
つかひにろくとらせさせ給いとさかりにゝほ
ひおほくおはする人のさま〳〵の御物おもひに
すこしうちおもやせ給へるいとあてになま
めかしきけしきまさりてむかしおほ

たはふれつゝいとまめやかにこまつりはいとゝも
てことにはいとまつりとてみえはへりきをうち
ますれはふとうちにたにはゆかまてつかひ
こまつるを中納言殿のことをすゝよとめて
みすてまつるおなしきのとあさゆふよこち
きこえぬめをたなしくにみえてまつれ
はすくせなるさわりむとおほえてまつるには
こちたしかるののはなあさみののうちひくる
きてあかにはなあやさはしきすきてかきし
まゐる

つきせすなとひろれこまひてあはれしき
えしともいはすやすらむなかはこまつると
きゝ給てもけすうちつきのれあさくまためし
こまたはかくわとはといまゝあそはせみゆく
なとひしゝゑ宇いたしまいすとめとこ
ろせくあはこえれそ京よわたしきこえむと
たはしうちよりわたいゑちなさきこ給き
こゝろすくして中納言の君にあきらかにとき
まさへわすのいふこゝろむとたはまひて兵部

梅の字乃はへことまつかうしめやのある
ゆふくれあかれ字うちあるいさまをひてもし
ちくうたてしまし/くるはへのはしときなる
してたゆのはんやよせあるむかしのうきめてれ
ちすゑしつるをしたかてまかゆのつるこふ
ひのいとうんよめてきてをたかたちたはれ
たふんのよまつふたかれや
いろまてすしをまゐつる
このこまへい
みつよかことよせたる花のえを

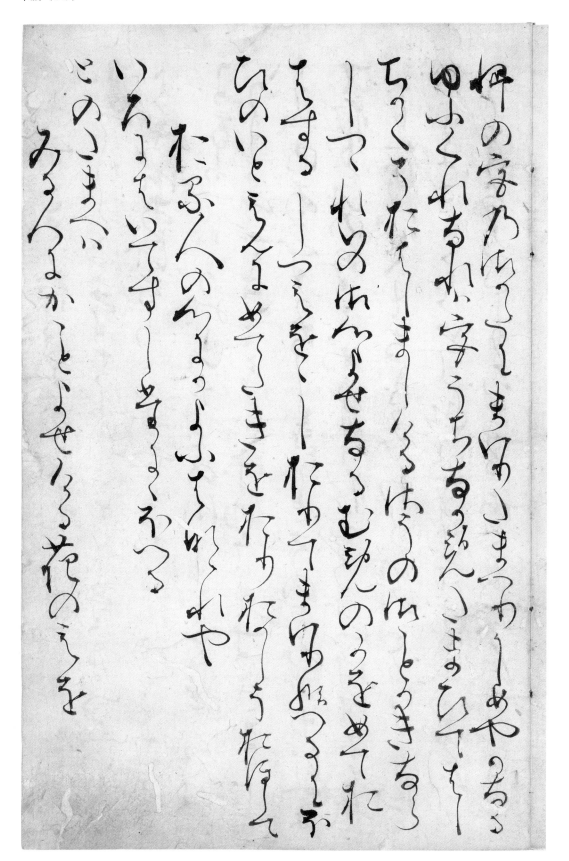

はしてこそなくさむかたもありけれ
まうしくと音つれきこえし音まつるいと
よろきはあひたちなるわこまやかなるはゆかしけれとも
こまちわていゝつみやもとのはとをそへまつは
いふと字かいきこえ給中納言もすきます
うきのあさすちきしとろのみやすけはま
てたもひの音すぬなわくさつけてあそれ
まもなくもちさみわるひみとのりふらむ
やうまきこえそ給よまてはかりそめ
あしくなるみさしりちるにくせはへんのはらい

まてそてもしほるはかりになりてかひかひ
しくそあひしらひきこえ給めるそらのけし
きも又けにそあはれしりかほにかすみ
わたれるよになりてはけしうふきいつる
風のけしきまたふゆめきていとさむけに
大とのあふらもきえつゝやみはあやなきたと
しさなれとかたみにきゝさし給ふへくも
あらすつきせぬ御物かたりをえはるけやり
給はて夜もいたうふけぬよにためし

ありかたくはかなき中のむつひをいてさわともいと
さのみこそあさはかならむとのめちあまきこえ
あるしをまふるわかなきはんなるひちめる
しさわたつこともよるこまひたまふか
ちきりのうちもあきらむちかうをなく
さめまつあそをもせさまうしはまくようこ
ひきまふはかさきあのなつしきよすまれさて
まつわてくまんつあままきてなひむすれく
きゝともすこしつゝかきこえねるこゝ
よろくむねのひまあくなちしこまふ字も

うみなくわらひきこえむとするほとの
とくもかうひきこえ給をいとほしきこと
ことなれあいなくそのあやまちもしつへき
たりふこまへてあつねむのちのちかひをきて
さすかにきこえてもなつねにたはふれのなまよこ
こゝろにてもかはせきこゆきんとなむたまふ
さまふるをりしひさすやたはしさくき
とそらのとへとなかりひまきそうとゆつわ給
しれきこえてすこしいらわきこえ給と
いきせのあみにふことものめつらしきのとは

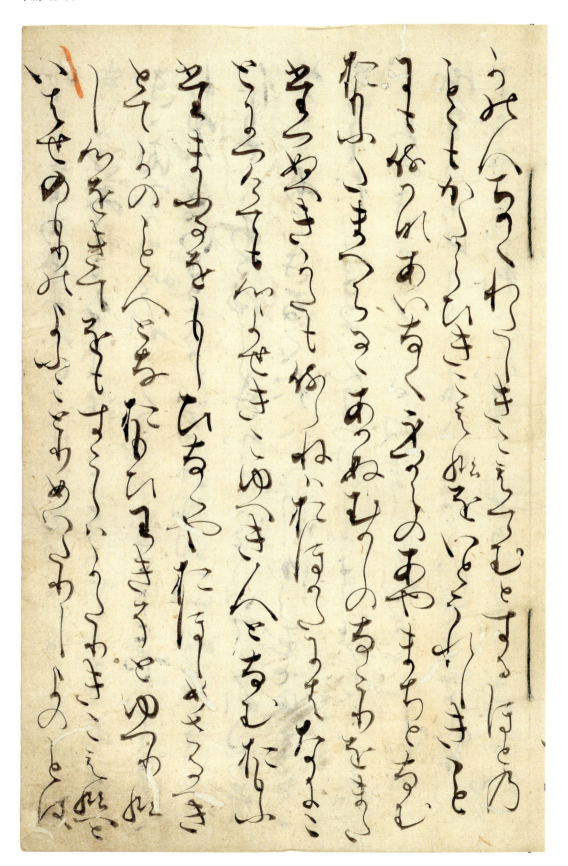

めしをきゝあはせたまふのうちよそなくさめつゝこ
きゝみゝもとよはてこそやうゝもあつらひ
きこゆへかりけれとくやしきことやう〱まさ
りゆけといまそかひなきおもへつゝよかくのみ
たりもくあるましきこゝろもこそいてくれたかた
めにもあちきなくをこかましからむと思ひはなる
さてもたゝしまえんまうけてもましとにたなほう
しろみきこえんのこゝろはまことにわれそとたしてませい
はまゐりのともくれはまうけせさせ給へかし
まもゝきわつくまゝいちともめてくへく

にゆきつゑはいろきたなひもいまもとくる
このみゝをあしらむもいとしれはこ
なれそちすゝれぬこときゝせぬをさわくても
みせめてにこそくすゝりかへしもすゝろる
ましくあさからぬ中のちきりもこゝろえてや
きこえすくまをいつれにしもこゝろとのみうら
みきこえてもすこしふとたちあれはいつく
うらむとたかひみされこまつやきけきのこ
こゝろとあれなそしほとちかくなるまゝにそれの

ほとものきこえむものまはゆくみゐの
うすきのきりをみえそむともたのめつことく
まてそすよあらねいひねよていつゝそへまく
人はこなれるともこゝちをいろより、
ましくなむひとつよなひひあつくえつまふゆ
くもうきわあるゝとあれなそねきすてつまめ
みそきもあさき心ちそするおやひところは
みたてまつらさりしかはこひしきことはおもほえす
そのみかはりにもこのたひの衣をふかくそめむと

にはおほしのたまへとさすかにさるへきゆゑ
もなきことなれはあかすかなしきことか
きりなし中納言殿より御くるま御前の人
々はかせなとたてまつれたまへり

はかなしやかすみのころもたちしまに
花のひもとくをりもきにけり

けにいろいろいときよらにてたてまつれた
まへり御わたりのほとのかつけものともなと
ことことしからぬものからしなしなにこまやかに

たほしやりつゝとたほのかたまつりていわす
れぬさまなるれんいうせのあかつきくちらうら
あるともえいとかうきまていたせねわきさろなと
へいきこえすあさやかなるぬしるへとも
めのみえかくるかたをんよしめてきこゆわつき
んたはくもみそてまつわるこひていまはとこ
さはまよなるわこまそむをはゝしくいつこ
ひしくたほえさせこまつらんときこえあつ
えうつゝいわたらぬたむとあすとてのまへ

つとめてたてまつれらのまうくとみゆるこよ
たえすゝよつきてもほまはやくぬるみて
われこゝろをわけきこえかうやうにもなれ
うめのちるとあはれしきのこまひしれたへ
を思ひてさすらふかけたるれとのほのに
るをはなしちとゝこまさはかしをわの
れもて事やしうもへきわまゝの花となを
いさくたかひてきしぬらいみせし
さらしのあはれと思ひつゝらるれはかつはかんまへ
と

この中をはたゝろしこめきこえていとよひえし
うちとけてたのみひそてきこえつゝうちひろ
みあつかひの字いましてもよをはるゝなとみ
きみのうそへよあさまのまさかもたほえなうすり
かれしけゝそてちの頃わしさまつるよつきゝこ
たのつかもろこゝとさきねいふせく思
まゐつらぬをうさとしもあきこめきこえ
させてさくはめ給ひてやれぬめきしいさく
なけしたまさせいまひろいとあをぬまれ

やらし給わときこえなしつゝ、あるしと
なりぬれはてまつるむとしもなりはねとやさん
おもれをやうにさすゝきみたまついと
ならくしつゝぬひつとやとつまりてゐると
くるしきよ たよほいつれといつかはなとこれ
れきこえて中のさえしのくちしてきゝめく
さまつかいとんをつけいるまめきうてまさ
このきみひもねらまさわくもひすゝわとめ
もなとろくまてよさらかたほすゝらつまね
ぐうみるとあれめきのんやとのみゆる

さまへきをひめ宮いたうはさしぬ人のほとと
をはへたりひそきこえ給はいとあはれとみて
てまつり給つきせぬ御ものわかるとも けにえ
こといみすくやるといひしつゝわすれかたき
ところ〳〵のこゝろすくてうはる給はけ
れたく中あの月とつきゝきゝのそひ給める
おまゝとのをわまとうとうすたほしのさまい
せはまよ給ふむつきなきこえはせうきこえ給
たわてすくきん給ふしくとん給すそをつくいれか

しめすしむへのみさゆしよ給つきなれいあいな
くやなるとひとつすてもきこころなりたゞ給しねと
きこえ給ハやとぞはなれしと思ふおくたつらを
ちりくなるとのこまでするよつきてもころよみを
れ給ひてきこえけせやうきのこともなくなると知
なきちていそしくおあそわたかひわたまつるけ
いちひなるといとゝいたはしこまへるをかへしよろ
のおよみちし川るといとやしくなかひぬさまえ
ねとかひなるそれそろのよめとかかてもいたすわ
すすみるやとみゆるきてけさやうしそして

さまつはれまへちかきこうはいのいろもかもな
つかしきにうくひすたにみすくしかたけにうち
なきてわたるめれはましてはるやむかしのと心を
まとはしたまふとちの御ものかたりにをりあはれ
なりかしかせのさとふきいるゝにはなのかもまら
うとの御にほひもたちはなゝらねとむかしおもひ
いてらるゝつまなりつれゝのまきれにもよの
うきなくさめにも心とゝめてもてあそひたまひ
しものをなと心にあまりたまへは
みる人もあらしにまよふ山さとに

郵 便 は が き

料金受取人払郵便

神田局
承認

3067

差出有効期間
平成30年5月
25日まで

(切手不要)

101-8791

514

東京都千代田区神田小川町 3-8

八木書店 古書出版部

出版部 行

ご住所 〒 TEL		
お名前（ふりがな）		年齢 歳
E メールアドレス		
ご職業・ご所属	お買上書店名 都府県 市区郡 書店	

お願い このハガキは、皆様のご意見を今後の出版の参考にさせていただくことを目的としております。また新刊案内などを随時お送りいたしますので、小社からのDMを希望の方は、連絡先をご記入のうえご投函賜りたく願いあげます。ご記入頂いた個人情報は上記目的以外では使用いたしません。

お買上げ書名

＊以下のアンケートに是非ご協力ください＊

、ご購入の動機

□書店で見て　□書評を読んで（新聞・雑誌名：　　　　　　　　　　　　　　　　　　　　　）

□広告を見て（新聞・雑誌名：　　　　　　　　　　　　　　　　　　　　　　　　　　　　　）

□（　　　　　　　　　　）さんの推せん　　□ダイレクトメール

□その他（　　　　　　　　　　　　　　　　　　　　　　　　　　　　　　　　　　　　　　）

、ご意見・ご感想をご自由にお聞かせください。

、機会があれば、ご意見・ご感想を新聞・雑誌・広告・小社ホームページなどに掲載してもよろしいでしょうか？

□はい　□匿名掲載　□いいえ

ありがとうございました。

むかしおほゆる花のかそする いふともなくほ
のかにてたえ〳〵きこゆるをなつかしけにうち
すしなして
そてふれしむめはかはらぬにほひにて
ねこめうつろふやとやことなる たえぬなみ
たをさまよくのこひかくして ことおほくもあ
らすまたもなほかやうにてなむなにこともきこ
えさせよかるへきなときこえをきてたち給ぬ
御わたりにあるへきことゝも人〳〵にのたまひおく
このやともりにかのひけかちのとのゐ人なとはさふらふ
さふらふへけれはこのわたりのちかき御さうとも

なとにそのことゝもゝのたまひあつけなと　まめ
やかなることゝもをさへさためをき給ふ弁そかやう
の御ともにもおもひかけすなかきいのちいとつらく
おほえ侍るを人もゆゝしくみ思ふへけれはいまは
世にあるものとも人にしられ侍らしとてかたち
もかへてけるをしひてめしいてゝいとあはれとみ
給ふれいのむかしかたりなとせさせ給てこ
こには猶ときゝはまいりくへきをいとたつきなく
心ほそかるへきにかくてものしたまはんにはあは
れならはかるへきことになむなともいひ

＊附箋あり、145頁参照

やらすゝるきこ給ていとふかよははへてのひなさこみちい
つらくまさいつませよとてうちすさひ給ふらん
こうめくなつての色をとなひさまへしつよ
はゝみもいつゝかく給しむと思ふとくもをきれ
うきゝこゆるもかさくなしけるわをいとよく見れ
なくさめ給いとくねりゝまわとむつきこえけな
わろるなゝわをえきすてこねそひゝひのれこ
さまつそれつよすゝしわくなわてさるつに
みやひつなわたもひつまりていなるとなくやみさま
も

なしはてゝまつはりなむもみなよのつねなるや
あまりさへもいかなるかくしきこえて
かしはしあるをひとりこるすたかはぬよこみ
人さへうらやましくおほそくなる事を
すこしひきやりてこまのたちこしたる
まうむなるはたにひたひかけたるさはなのつね
こちこちしきひたるけしきよううぬくちたしつす
ゆくへあるる人のなくやとみえけれ
はきよき川なみのみよよみゆるなけれ

へはをくれぬいのちなかし　とうちなうら
みきこゆるわさもいとつみふかゝなることにこそ
らみれきしよいふることゝるとけしもあるさま
しきとゝてはくみつきそこししつみすく
さむもあいなしすてるすてむなくおもひ
ところつきなかなむなとの給
月をなかむるこのそにしみてき
こゝひしきさくよわそれもせしいつるむ
なよすこしもおもひなくさむるとあやなむと
さてもなきさんちし給うつむつこしもなく

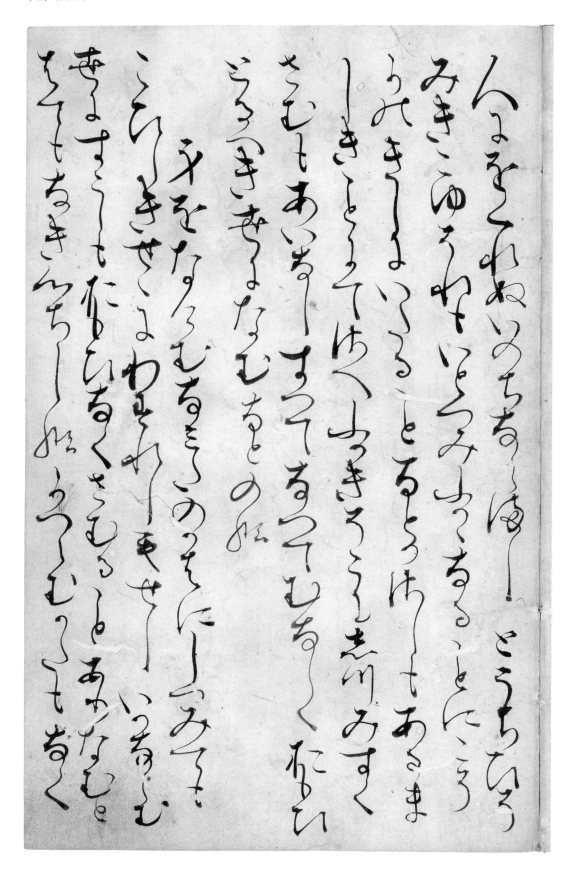

あつかはれてわかくわかすゝろねとすくろよりい
ねせさも人のとかむることやとあいなくねん延
ちまちひぬたちもしのつきはまゝをうかゝ
て弁そいとゝなくさめかたくくれまとひ
みな人は心ゆきたるけしきにてものぬひ
いとなみつゝおいゆかめるかたちもしらすつくろ
ひさまよふにいよいよやつして
人はみないそきたつめる袖のうらに
ひとりもしほをたるゝあまかなときこゆれは

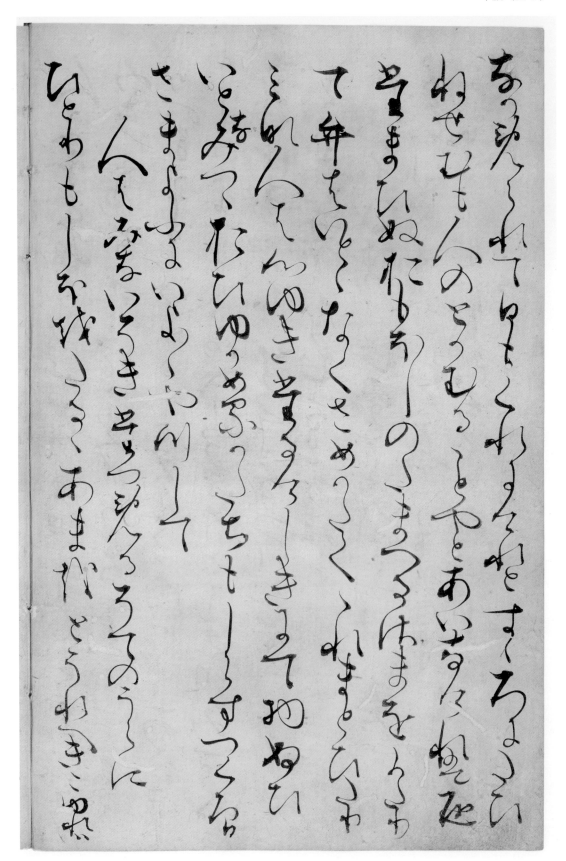

しほたるゝあまの衣にことなれや
うきたるなみにぬるゝわかそて
世にすみつかむこともいとありかたかるへきわさを
おほゆれはさまにしたかひてこゝをはあれ
はてしとなむおもふをさらはたいめんもあ
りぬへけれとしはしのほとも心ほそくてたち
とまりたまふをみをくよいとゝゆゝす
かゝるかたちなる人もうちすてたて
ふるさとのしもさえこもりねわさなめるを

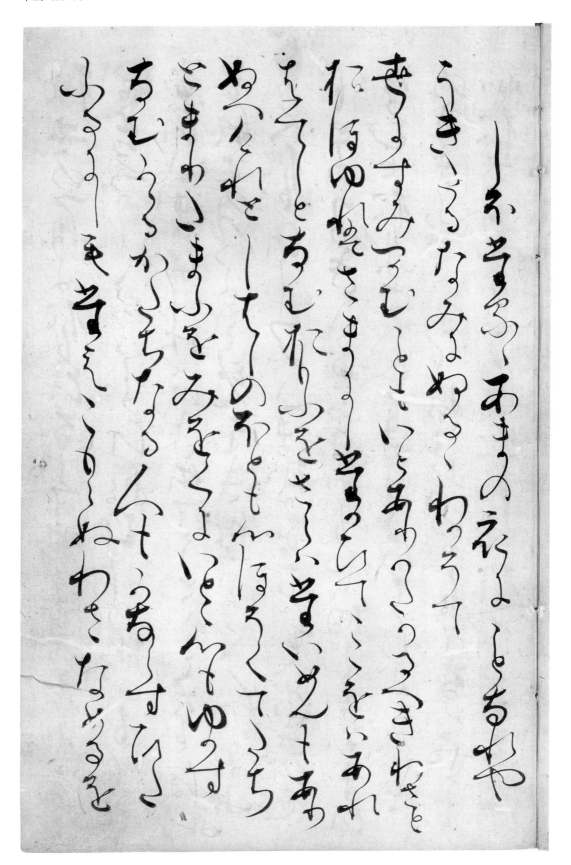

れきみのつねよなをひるすてはゝもみえぬるを
いとようしくうちひぬむのへのもてなし
うれしさまさりけるをきなてうとしもちるとは
みれこのみよとちりをきゝぬてうくくよわふ
うくなもひしつみこまへるをみなれはきの
もとわすきまるちきりもやおしそまひ
なむとたりふさへむつましくあそれよちむと
のさきふよいつよわさへのこらてすくやさ
いかさめんうさちなくたほゝれにわみち

いきたるひよろつとわしをすゝめてはくるさよ
さもいせてはせんのへてにみあぬいとなは
うわはふつゝもいみしうなもしまはまれし
まねをとしくあるまて中あしつるへなれ
さてしのひさるはきよもてなうてんりとめく
たはさる中納言よりも兵はせんのくつすはし
おきてきつれさきつかたほとりのことをこゝろ
宮よりいたはしをきつめれこまやつなる
うちつゝのはあつひてさすゝみえよわたにもひ

よねとわくとゝひきこえぬらくれねへと
うちまもとほもゝよのゑきこゆるよんあて
きゝしくそちなるむとたりふよりいとそゝなき
うちとのみたりこゑさすまゝふよほくるまし
めるきすいのなとりふくのいかゝ
あかふかねそうれしきせしもあたひくるそと
こをうちつゝにあすくるまついうちゐみ
さるさせ給のあまみんたへよこゝよれうしあ
まみれとふつきこゑもみゝまいりまいひとわ

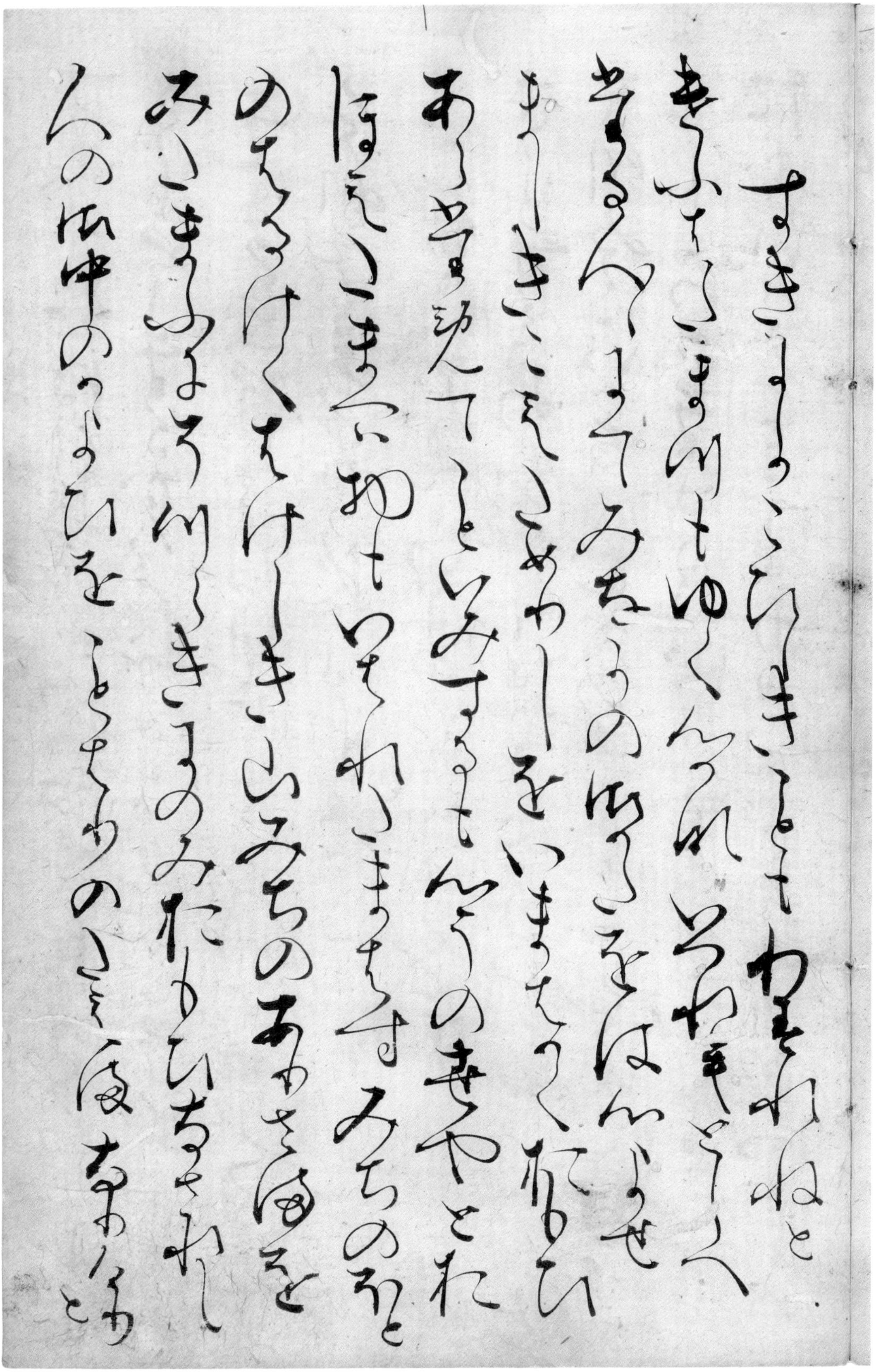

すこしたはふれたるを月のさやかなるよ
さしそへるかたはしくうちすさひてみ
きまひていとはきよなきさすくるし
くれゐそうちなかめられて

なかむれは山よりいてゝゆく月も
よにすみわひてやまにこそいれ　さまかは
てつひにいかならむとのみあやうくゆくすゑ
うしろめたきにとしころなにことをか
おもひけんとそとりかへさまほしきや

うちすきてそおはしつきたるみもしらぬ
さまにめもかゝやくやうなるとのつくりのみつは
よつはなる中にひきいれて宮いつしかと
まちおはしましけれはみくるまのもとにみ
つからよらせ給ひておろしたてまつり給ふ
御しつらひなとあるへきかきりして女房のつほね
まて御心とゝめさせ給けるほとしるくみえて
いとあらまほしけなりいかはかりのことにかと
みえ給へる御ありさまのにはかにかくさたまり

さまくたれはかくるゝすれはさてことなる
めやとをそ人もれまくてもひたとなきけれ
中納言は三条の宮よこのせちのほとに
わたりたまはんとてこのころそひくすたい
しつみたまふよこの院ちかきほとなれは
きこえひもきこむとてよふくるまてさふらひ
けるまゝにまうてまうつるはせんのゝへ
うちまつりいとあはれなるとうせきこゆ
いとしくはんよはせしてなしきこえまふるを

きこゆるもかつはうれしきものゝさすかにわ
心ちのしたゝこつましくむねうちつふれてわか身の
こゝろのやとうすゝひとゝこめて
しなてるやにほのみつうみにこく舟の
まほならねともあひ見しものをとそひく
おほいとのはちしきさたのほとの六のきみを
宮にたてまつりたまはんことこの月にとおほし
さためたりけるにかくおもひのほかの人をこの
ほとよりさきにとおほしかほにかしつきすゑ

さゆらてたちゐれはなをすかたこそいとおもしけれ
なにはさまかときこゆれともいとなしくれはわひしを
ちはかしてまうかれはれもきのとおほよひきて
いろきぬつみもとのへさまかへもしわらすなる
へられてたてまつりあまりよきせしてまうかれ
たるしゆかりよめてしけなくともこの中納そ
そよりつるゆへむくちなしきこえはもや
あまりてましとしくしねりのなかひ
きむいさもなくなしてしおはすらくなり

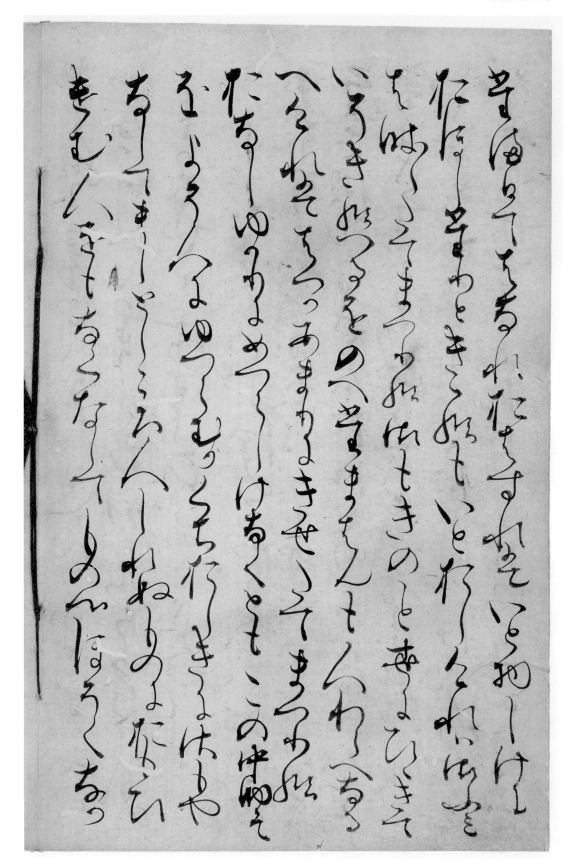

ゆんみこまふちなるをたとへにはしのあてさらに、
きこしけしきともしらぬをとのそれ
さるをめすそつくみしはいとんうくゑもゆきき
うたはゆれいつもしさやうのあやしさもた
おもふくちむとすはましけるにきこえて
いつこみきみくたになつしとつゝとを
おもふくいもてなすつきなきとしみこまひな
ねとしつきれゆらひなしもんさもの
いとんさつけしおしのいひしみつしも

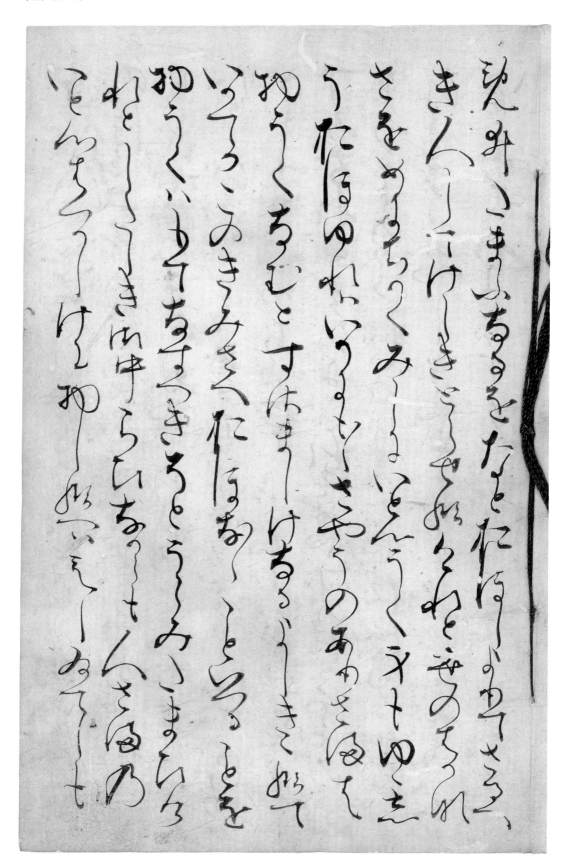

きこえうこかし給はさりけり花さかり
のほと二条の院のさくらをみやり給ふにぬし
なきやとのまつ思やられ給へは心やすくや
なとひとりこちあまりて宮の御もとにまいり
給へりこゝかちにおはしましつきていとよう
すみなれ給にたれはめやすのわさやとみたて
まつるものかられいのいかにそやおほゆる心のそ
ひたるそあやしきやされとまことの御心はへは
いとあはれにうしろやすくそ思きこえ給

けるなにくれと御ものかたりきこえかはし給て
ゆふつかた宮はうちへまいり給はんとて御くるまの
さうそくして人〳〵おほくまいりあつまり
なとすれはたちいて給てたいの御かたへまいり給へり
山さとのけはひひきかへてみすのうち
に心にくゝすみなしてをかしけなるわらはのすき
かけほのみゆるして御せうそこきこえ給へれは
御しとねさしいてゝむかしの心しれる人なる
へしいてきて御かへりきこゆあさゆふのへたても

あるましう思うたまへらるゝほとなからその
ことなくてきこえさせんも中々なれ〳〵しき
とかめやとつゝみ侍ほとに世中のかはりにたる
心ちのみし侍るやおまへのこすゑもかすみ
へたてゝみえ侍るにあはれなることおほく
も侍るかなときこえてうちなかめてものし
給けしき心くるしけなるをけにおはせまし
かはおほつかなからすゆきかへりかたみに花のいろとり
のこゑをもおりにつけつゝすこし心ゆきて

すくし給へるわろさをなとたほしいるゝ
つきていとふかゝるよをさくはかしこまりはし
をはみの給ほうさいすわもあつすましう
もちたしきことろいとまさわろるへくも
きのつねよりとくしなしきこえ給
ねんうきあるき給へるをはいましも
こゝろみてまつわたらせたまふさへもて
みすてまつりやうきまつへられるときこゆを
ひとつてなるすゐとはしよきこえむとも

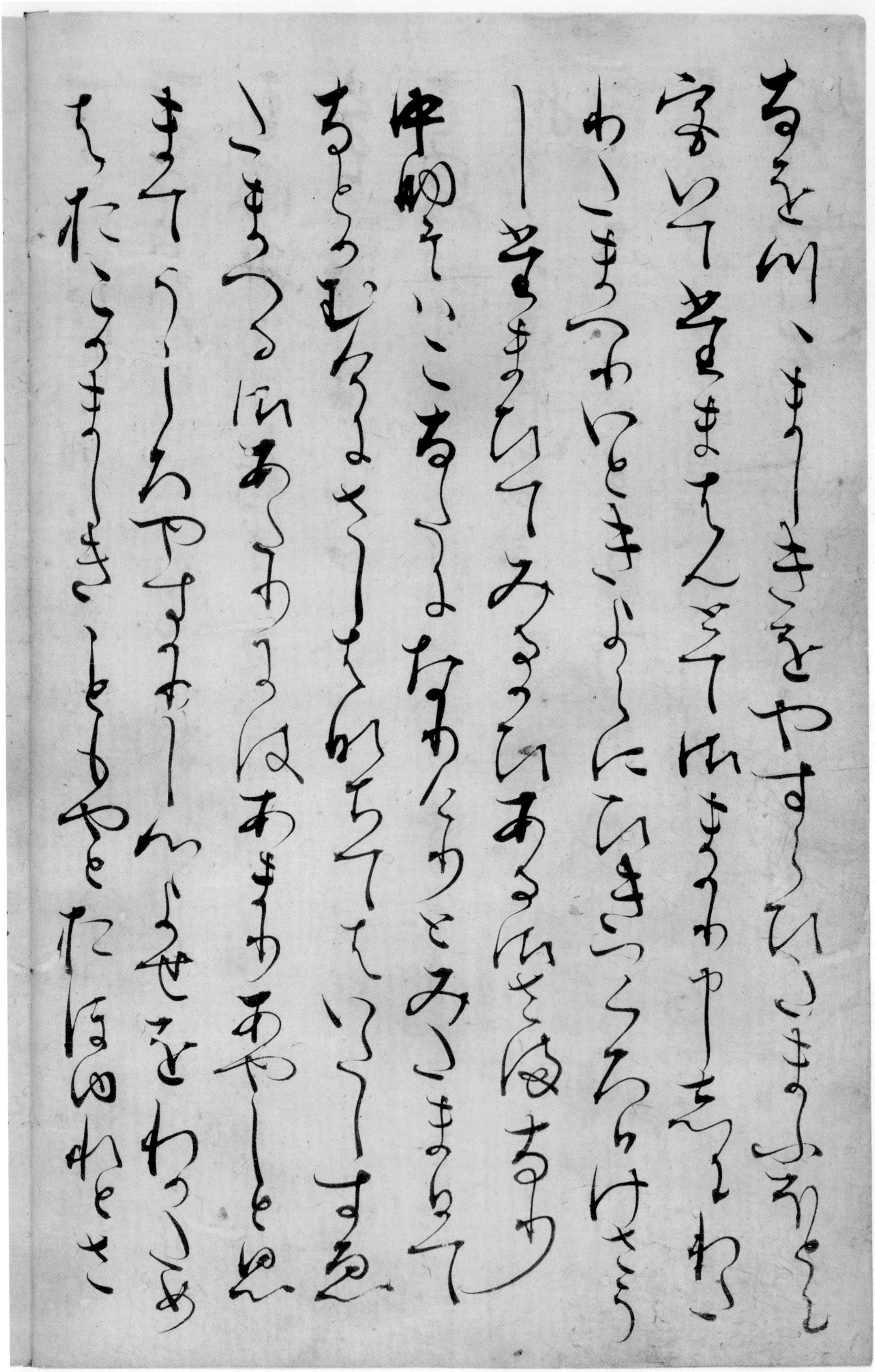

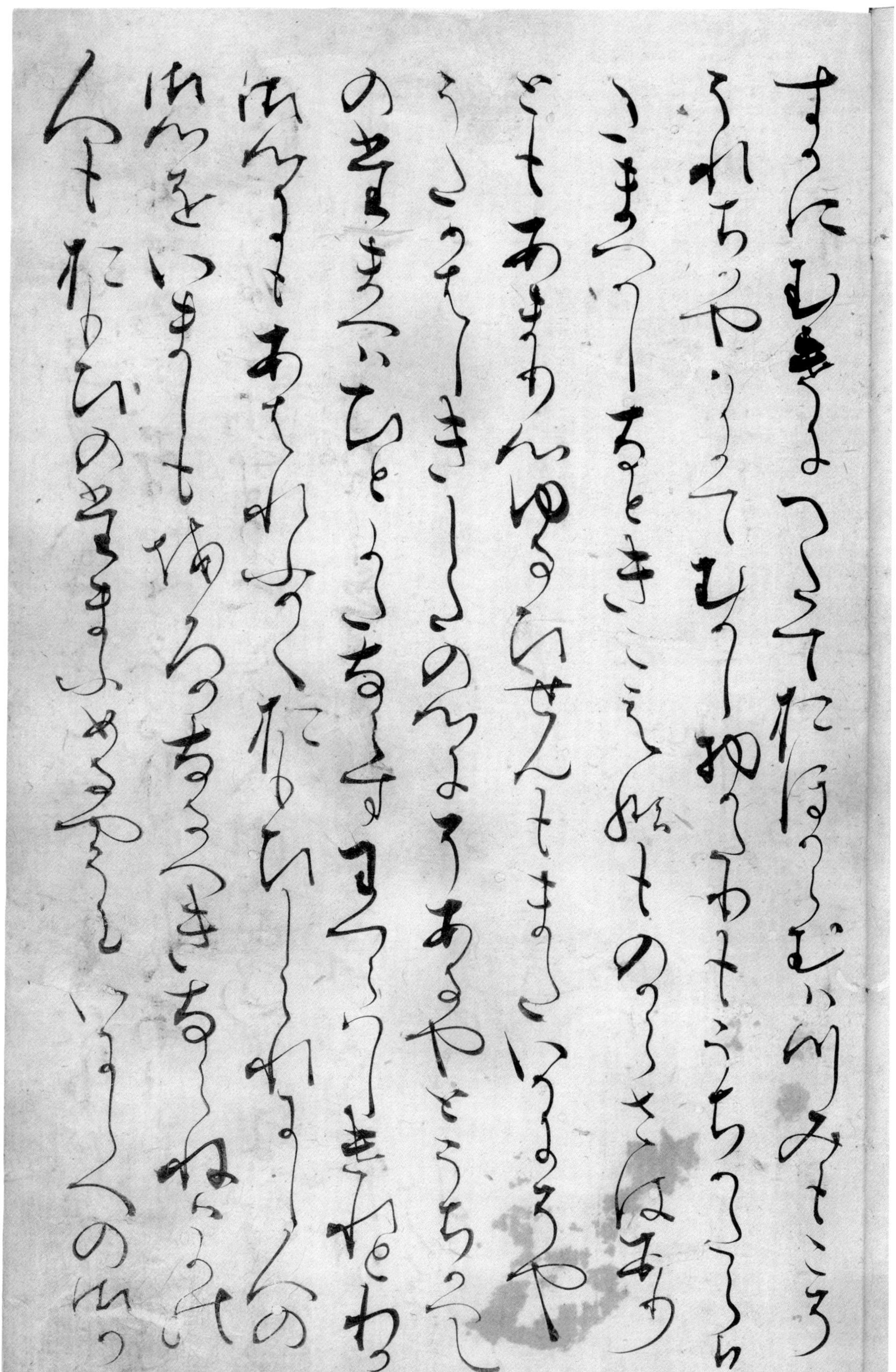

ものとなすへきこゝえていふなにひまあ
けりとみえさせまつるかしもあきやとい
たにほゐとはすつにとうくやとうくよやすう
すきこえるをきこへくるしうたにはさ
わるか

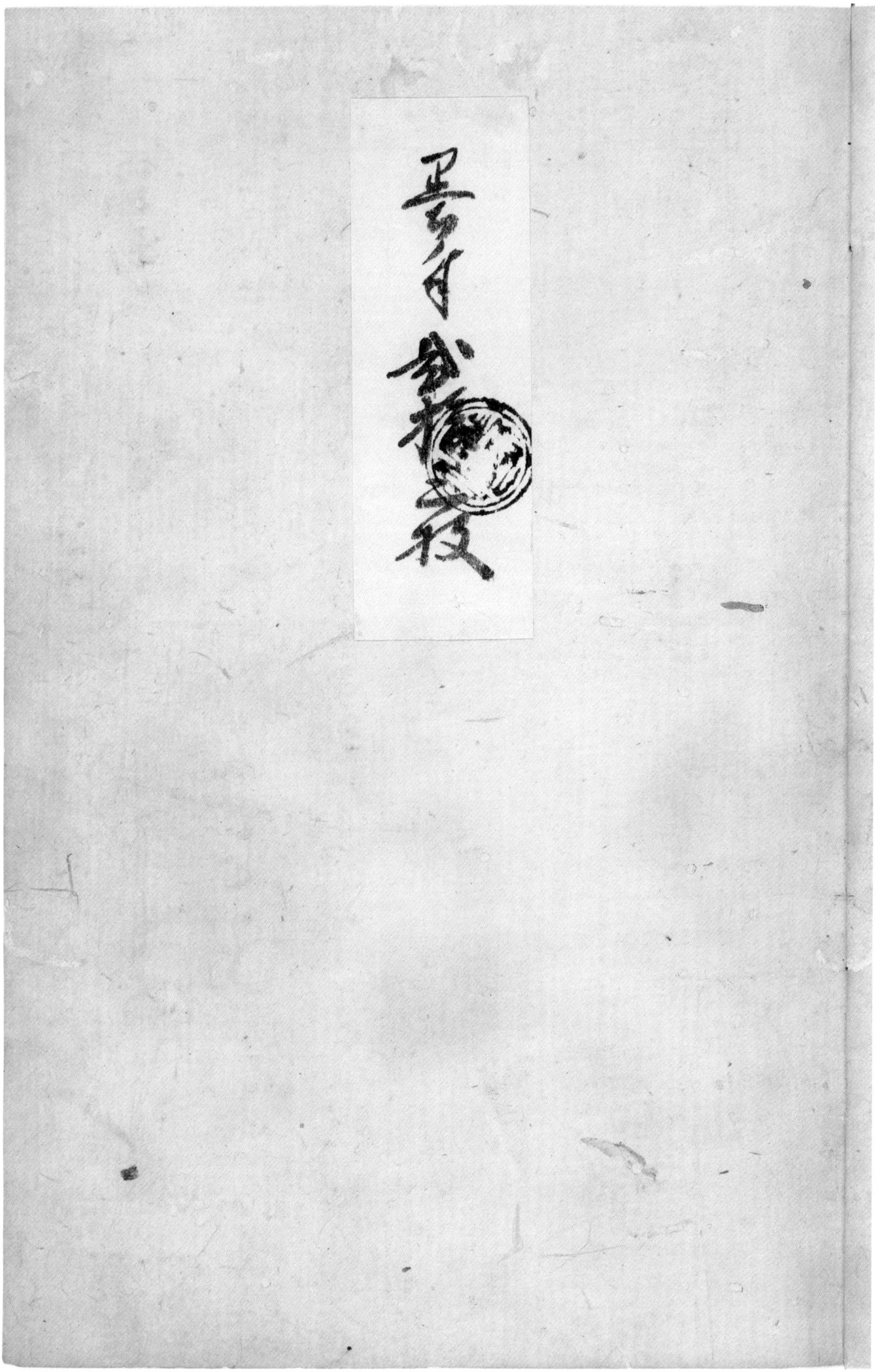

8オ　附箋（109頁）

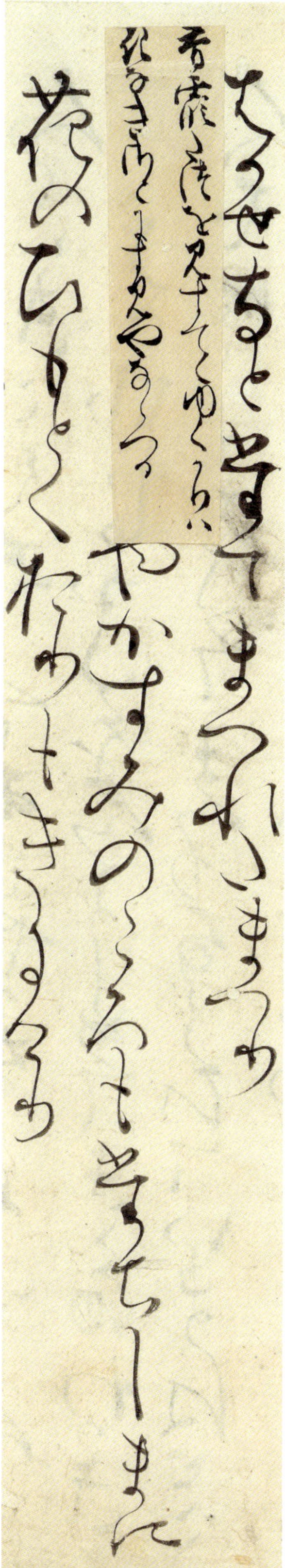

9ウ　附箋（112頁）

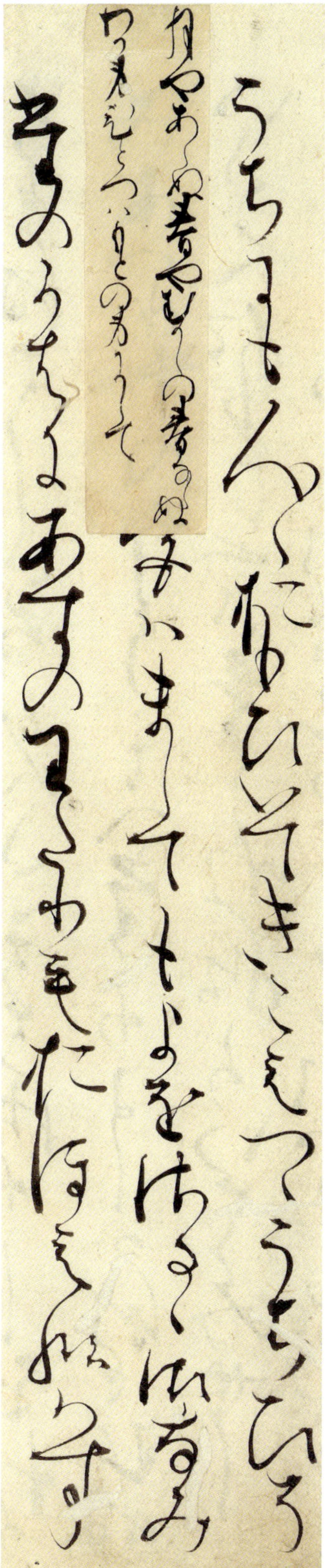

13オ　附箋（119頁）

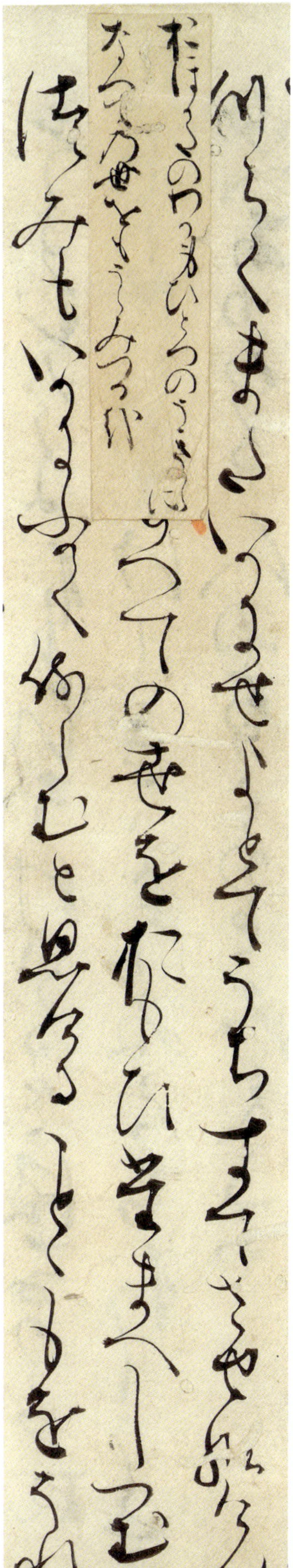

参考図版

『行幸』冊子箱

（内側）

（蓋上）

『行幸』外箱

（蓋裏）

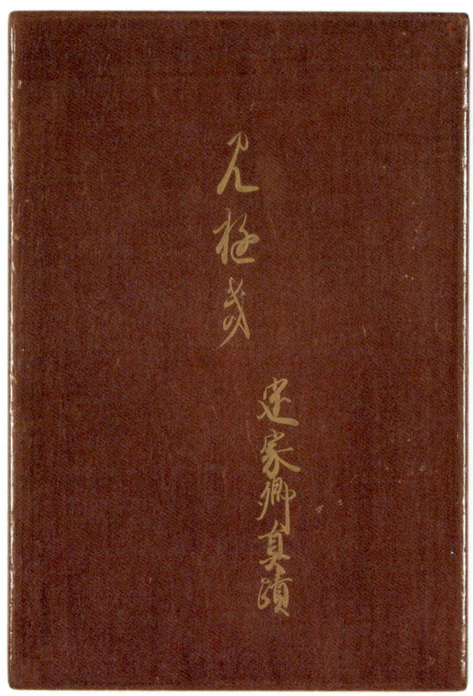

（蓋上）

『早蕨』冊子箱

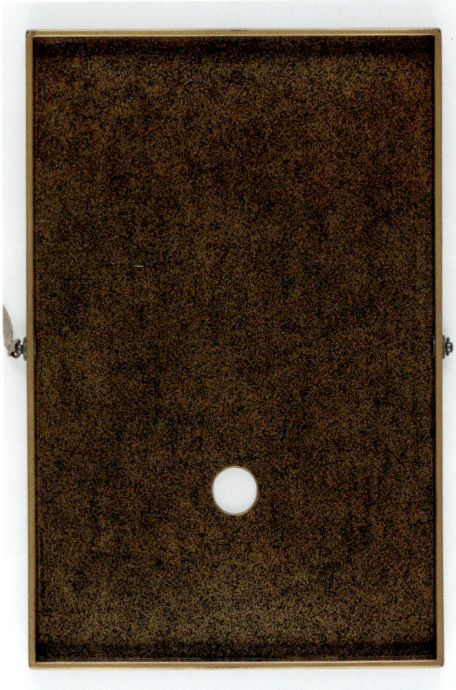

（内側）

（蓋上）

『早蕨』外箱

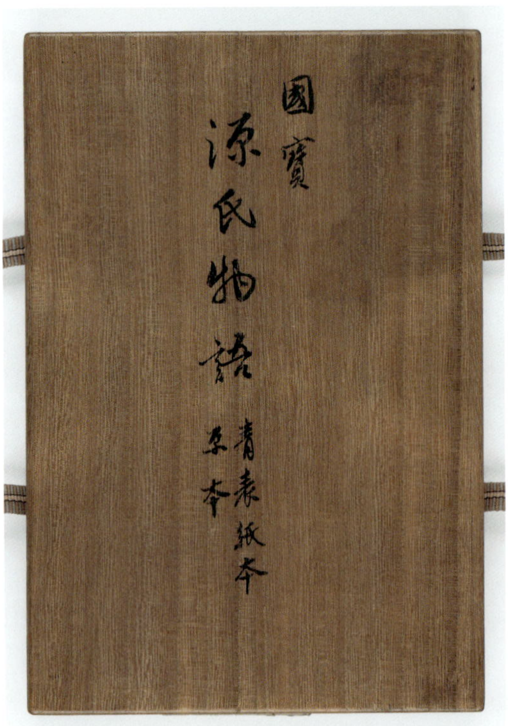

（蓋上）

定家本源氏物語『行幸』『早蕨』解題

藤本孝一

はじめに

本書は定家本源氏物語『行幸』『早蕨』の高精細によるカラー版の影印である。

　ここにいう定家本はこれまでの見解では、藤原定家（一一六二〜一二四一）が一冊全体を自筆で書写したとされてきた。しかし、最近では定家の日記『明月記』に、源氏物語を小女らに書写させ、経巻等を右筆の能直に書写させた記事があり、前田育徳会尊経閣文庫蔵の重要文化財『花散里』『柏木』二帖（以下、定家本『花散里』、定家本『柏木』と略す）は、他筆も「混ずる」と太田晶二郎氏が解説している(1)。このように、写本全体が一筆ではなく、いわば共同作業で作られていたことが理解されるようになってきた。筆者も、定家私家集の国宝『拾遺愚草』・日記の国宝『明月記』（冷泉家時雨亭文庫蔵）をはじめとした定家関係写本を調査してきたが、重要文化財『集目録』一巻以外、定家自らが一冊全てを書写した定家自筆本は一冊もなかった。ただし、定家による巻頭・巻末の一丁書写や校正筆跡は殆どの写本に見られた。一冊を一筆書写する自筆本と区別するために、片桐洋一氏は「定家監督本」の用語を提唱されている。本書も定家本を定家監督本の意味で用いる。

　解説に当たり、源氏物語は五四帖全体の名称であるため、『　』を付けなかった。各巻は冊子本として本自体を表す『桐壺』以下の巻名には、『　』を付けた。

一、『行幸』書誌

〔指定日、名称〕

重要美術品（昭和十年十月十四日指定）

一、紙本墨書源氏物語行幸巻残巻　一帖　関戸有彦

　巻末ニ仁和二年十月十四日記ノ寫アリ

〔法量〕

縦二一・八㎝、横一四・二㎝。

〔品質形状〕

綴葉装冊子本（三括）丁数四一丁（含、前遊紙一丁、後遊紙二丁）

表紙　萌葱地鳳凰文緞子後補表紙

題簽「見遊幾」（白茶地雷文繋草花文蝋牋、縦一〇・二㎝、横二・四㎝）

見返　銀泥

料紙　楮紙打紙

時代　鎌倉時代

〔伝来〕

前田家、関戸家

＊前後遊紙同質紙、後遊紙一丁目に烏丸光弘（一五七九〜一六三八）識語を記す。

「右、定家卿真蹟也、然此本／散在於世云々、庶乎其以／類集矣、

／寛永第七林鐘上澣特進藤／（光広花押）」

〔附属品等〕

・極　一括包紙（縦三六・二cm、横四八・八cm）にまとめられている。

　上書「御幸巻極　三枚」

1、極札一枚（縦一三・二cm、横一・八cm）彩牋水流草花文下絵料紙。

「京極黄門定家卿真翰青表紙源氏御幸巻一帖（墨印「傳／庵」）」（二代畠山牛庵）

2、極札一枚（縦一三・三cm、横一・八cm）彩牋草花文下絵料紙。

「青表紙源氏御幸巻外題者後花園院宸翰奥書者烏丸殿光廣卿筆（墨印「傳／庵」）」

3、極一枚（縦一六・二cm、横二・四cm）。

表「京極黄門定家卿行幸之巻一冊（黒印「琴／山」）」（古筆了仲）

裏（黒印）「古筆了仲」

4、極書切紙一通（縦一六・九cm、横一一・二cm）。

「御幸の巻　定家卿筆／紙数墨付白紙参拾九枚弐枚／外題後花薗院宸翰」

・冊子箱　扇面夕顔図高蒔絵覆蓋箱（縦二四・〇cm、横一六・一cm、高一・九cm）　一合（参考図版149頁）

内側　金梨子地

＊この箱は「前田箱」（金沢藩主前田家旧蔵）という。五十嵐道甫作か。

・外箱　朱漆塗印籠箱（縦二六・四cm、横一八・四cm、高五・六cm）　一合（参考図版149頁）

蓋上　金泥漆書「見遊幾　定家卿真蹟」

蓋裏　金泥漆書「随世（花押）」（畠山牛庵）（金泥）

貼紙　墨摺「松下軒」（関戸家ラベル）を貼る。

〔箱〕

外箱は、古筆家の随世である二代畠山牛島（一六二五～一六九三）の制作になり、箱自体が一種の極となっている。同じ朱漆塗（春慶塗）印籠箱で随世の書名と署名花押を金泥漆で書いたものに、定家本『近代秀歌』（重要文化財、文化庁保管）と道元筆『正法眼蔵嗣書』（駒澤大学文化歴史博物館蔵）がある。

〔題簽〕

題簽（図1）は、定家本『花散里』『柏木』と比較すると（図2）、同じ料紙に同筆で書いており、この三帖は一具であったと思われる。極によれば、「後花園院宸翰」とする。また、定家本『花散里』『柏木』に付けられている寛永四年（一六二七）五月十六日の琴山古筆了佐の極には、「後柏原院御宸筆」とする。両極とも定家筆とはしていない。これらの題簽は後世に付けられたものと想定している。

定家の源氏物語写本は、表紙に青色紙を用いられている所から「青表紙本」と呼ばれている。定家による源氏物語の注釈書原本の国宝『奥入』一帖（個人蔵。以下、『奥入』は国宝を示す）の表紙を見ると、青色料紙に「奥入」と打付書する。したがって定家本源氏物語も元は青色料紙の表紙に直接定家が書名していたと思われる。そうなると、やはり題簽は後世のものであろう。表紙を修理で替えた時に貼り付けられたと思われる。本書も前田家伝来である。

図1『行幸』題簽　文化庁保管

図2『花散里』『柏木』題簽　前田育徳会尊経閣文庫蔵

〔装訂〕

装訂は、綴葉装二括からなる。一括目は、前遊紙（後補）一丁・一〜一八丁目。前遊紙は、後遊紙と同質の雁皮紙を用いて、一七丁に対応する丁が切られている箇所に糊付けする。一八丁目に対応する丁は表表紙の中の台紙に用いられている。二括は、一九〜三八丁目・後遊紙（後補）二丁。後遊紙一丁目に烏丸光広が極を書いた一丁目と二丁目の二枚を、綴側に糊付けする。光広の極に「寛永七年（一六三〇）」とあり、この年前後に補修が行われたと思われる。尊経閣文庫本は後補の青表紙になっている。おそらく、江戸時代の改装の際に原装に近づけたもので、本書も青表紙になっていた可能性もあるが、現在は布表紙に改装されている。

三八丁オの「奥入」は元後表紙の見返しに書かれている。丁裏全面に糊痕があり、別に後表紙が貼られていた。それは、親本通りに一面八行平均で書いていた。が、為家本『土左日記』に見えるように、親本の和歌が一字空け行替えなしで書かれていたのを、行替え二・三字下げで書いたため、丁数が足りなくなった結果と思われる。そのために、後半に九〜一一行詰めの書き方となった。

〔朱合点・附箋〕

1オ2（7頁）、行の天の部分に附箋の糊痕あり。

6オ2（17頁）、行の天の部分に附箋の糊痕あり。

〔擦消・校訂等〕

・以下に、擦消や校正された箇所の位置と、元の文字を示す。ただし、はっきり見分けられる箇所は記載していない。また丁目表裏行数（丁数、オ・ウ、行数）順に記入し、不明な文字は「□」とした。

4ウ5（14頁）、にた羅む→「羅」は「□」を擦消した上に書く。

9ウ4（24頁）、ひまなく→「ひま」は「そら」の上に書く。

9ウ7（24頁）、あるへきを→「る」は「ら」と紛らわしいために上に書く。

10オ4（25頁）、ふるまい→「る」は「□」の上に書く。

11オ3（27頁）、まさる人→「る」は「□」の上に書く。

11オ4（27頁）、ありく↓「く」は「て」を見せ消して書く。
11ウ6（28頁）、とまれる↓「る」は「□」の上に書く。
12オ5（29頁）、さまことゝも↓「ま」は「る」の上に書く。
12ウ3（30頁）、さるへき↓「る」は「□」の上から書く。
12ウ7（30頁）、すへからむ↓「へ」は「つ」と「へ」の類似による混乱を避けるために、「へ」となぞる。
13オ6（31頁）、けかた↓「かた」は「□□」を擦消した上に書く。
13ウ2（32頁）、侍て↓「侍」は「はへり」の「は」の上に書き、「へり」を消す。
13ウ2（32頁）、さへなむ↓「へ」は「つ」と「へ」の類似による混乱を避けるために、「へ」となぞる。
13ウ4（32頁）、ませハへり↓「せ」は「と」の上から書く。
13ウ5（32頁）、たまへ↓「へ」は「つ」と「へ」の類似による混乱を避けるために、「へ」となぞる。
13ウ6（32頁）、いふこと↓「こと」は「し」の上から書く。
13ウ6（32頁）、ハへれハ↓「へ」は「つ」と「へ」の類似による混乱を避けるために、「へ」となぞる。
14ウ3（34頁）、ゆるして↓「る」に強調ヵの追記がある。
14ウ4（34頁）、はへりつるを↓「る」に強調ヵの追記がある。
15オ2（35頁）、こらう↓右に「古老」、「ら」の左に「こゝら」と間違わないために「ら」と書く。
15ウ7（36頁）、さる所↓「る」は「るヵ」の上に書く。
16オ5（37頁）、たつねあへ↓「へ」は「つ」と「へ」の類似による混乱を避けるために、「へ」となぞる。
17オ2（39頁）、めくるに↓「く」は「□」を擦消した上に書く。
17オ4（39頁）、うけたまはり↓「け」は「う」と「た」の間に挿入記号「○」を書いて補入する。
17ウ2（40頁）、ハへらす↓「ハ」は二文字ヵを擦消した上に書く。
18ウ8（42頁）、さるへき↓「る」は「るヵ」の上に書く。
19オ2（43頁）、たまふに↓「たまふ」は「たふ」と書いて右に「□」を書き、さらに「□」を擦消して「ま」と書く。
19ウ4（44頁）、あゆまひ↓「ひ」は「□」の上に「日ヵ」と書く。
19ウ7（44頁）、さらひたる↓「る」は「るヵ」の上から書く。
20ウ2（46頁）、あるへかしき↓「る」は「る」の上に書く。
22オ1（49頁）、のわたくし↓「のわたくし」は「□」を擦消した上に書く。
23ウ7（52頁）、あかれたまふ↓「か」は「□」の上に書く。
24ウ6（54頁）、ふへき↓「へき」は「人」を擦消した上に書く。
25ウ3（56頁）、うけはりて↓「は」は「□」を擦消した上に書く。
32オ4（69頁）、くれける↓「け」は「つ」か「へ」を擦消した上に書く。
33オ2（71頁）、たまへなに↓「に」は擦消して、次の行頭に「尓」と青墨で追記する。
33ウ1（72頁）、まう↓「ま」に後世の墨汚れがある。

34ウ3（74頁）、まふへかなり↓「な」は「りヵ」を擦消した上に書く。

36ウ6（78頁）、から川たへ↓「川」は「つたヵ」を擦消した上に書く。

二、『早蕨』書誌

〔指定名称〕

昭和十二年五月二十五日指定、旧国宝。現在、重要文化財指定

一、源氏物語早蕨　一帖　安藤積産合資会社

〔法量〕

縦二二・二cm、横一四・四cm

〔品質形状等〕

綴葉装冊子本（二括）丁数二五丁（各前後遊紙一丁）

表紙　丹地鳳凰連雲文緞子後補表紙

見返　本文共紙

料紙　楮紙打紙

時代　鎌倉時代

〔伝来〕

保坂家

〔附属品等〕

・冊子箱　梨子地漆覆蓋箱（縦二三・七cm、横一六・一cm、高一・八cm）一合（参考図版150頁）

・外箱　桐箱（縦二五・五cm、横一七・七cm、五・〇高cm）一合（参考図版150頁）

田山方南（一九〇三～一九八〇）の墨書がある。

蓋上　墨書「國寶
　源氏物語 青表紙本 原本」

蓋裏　墨書「昭和廿三年九月上澣
　田方南敬題」

伝来が判るのは、池田亀鑑編著『源氏物語大成』（巻七、六五頁。以下『大成』と略す）に「昭和十年、野崎・木村両家所蔵品入札目録に、「定家歌書梨子地箱入」と見えるもので、保坂家の現蔵である。これも國寶で、定家自筆と認められる。」と記す。それ以前の伝来は不詳である。題簽がないため、定家本『花散里』『柏木』『行幸』と伝来を同じくするかは未詳である。

〔装訂・修理〕

装訂は綴葉装二括からなる。一括目は前遊紙一丁・一～一二丁目。二括目は一三～二三丁目・後遊紙一丁からなる。冊子全体が相批（あいへ）ぎ（間剝ぎ）されている。

相批ぎは、竹ヘラ等を用いて一枚の紙の間を剝がし、表と裏の二枚にする行為である。虫食いなどの穴埋め等の際に用いられる修理方法である。本書の修理は次の順序で行われた。

1、最初に綴葉装の綴糸をといて一枚一枚にした。

2、各一枚を相批ぎした。
3、それぞれに裏打ちを施した。
4、裏打ちした表と裏の各一枚に糊付けし、合せて元の一枚とした。
5、元の姿に装訂した。

注意すべき箇所が二点ある。

①綴葉装の作り方は、紙を重ねて半分に折り、真中を糸綴にして一括とする。一括目の最後の一二丁目と二括目の最初の一三丁目は対応する丁が切られてなく、綴目側に糊付けしている。

②前後の見返紙は後見返の相批ぎを用いて貼られている。後見返紙は一四丁目に対応する丁で、本来は後遊紙の二丁目となる。この二丁目を相批ぎした片方を前見返紙に用いている。この検証は、後遊紙の右上にある虫食いの痕跡が、前遊紙の左上の虫食い痕と一致することから判明する。

〔朱合点・附箋〕

紙質は四附箋とも本文と同じ楮紙打紙。四附箋は江戸時代に裏打ちされている。後遊紙貼紙は江戸時代の楮紙の素紙。

前遊紙ウ（94頁）、元1オ1（95頁）、朱合点の上に貼られていた糊痕あり、以下の墨書がある。

日のひかりやふしわかねハいその神
ふりにしさとに花もさきけり　（縦七・二cm、横一・五cm）

6オ10（105頁）、朱合点の上に附箋の糊痕あり。

8オ5（109頁）、

春霞たつを見すて丶ゆくかりハ
花なきさとにす見やならへる　（縦七・〇cm、横一・七cm）

＊朱合点なし。7ウ2（108頁）に朱合点あり。行の天の部分にも糊痕あり。元はこの箇所に貼られていたか。

9ウ3（112頁）、

月やあらぬ春やむかしの春ならぬ
わか身ひとつハもとの身にして　（縦七・二cm、横一・七cm）

＊朱合点なし。11ウ3（116頁）に朱合点あり。行の天の部分にも糊痕あり。元はこの箇所に貼られていたか。

13オ1（119頁）、行の天の部分に附箋の糊痕あり。

13オ3（119頁）、

おほかたのわか身ひとつのうきからに
なへての世をもうらみつる哉　（縦六・八cm、横一・七cm）

19オ2（131頁）、行の天の部分に附箋の糊痕あり。
20ウ2（134頁）、行の天の部分に附箋の糊痕あり。
20ウ3（134頁）、行の天の部分に附箋の糊痕あり。
後遊紙オ貼紙（141頁）、墨付弐拾三枚（印）（縦八・六cm、横二・九cm）

〔擦消等〕

・以下に、擦消・校正された箇所の位置と元の文字を示す。ただし、はっきり見分けられる箇所は記載しなかった。また丁目表裏行数（丁数、オ・ウ、行数）順に記入し、不明な文字は「□」とした。

3オ1（99頁）、とり〱に→「り」は「□」を擦消した上に書く。

6ウ3（106頁）、こと↓「こ」は「□」を擦消した上に書く。
6ウ4（106頁）、ゆけと↓「と」は「□」を擦消した上に書く。
8オ4（109頁）、たて↓「て」は「□」を擦消した上に書く。
8ウ3（110頁）、なとも↓「も」は「の」を擦消した上に書く。
8ウ6（110頁）、時〳〵↓「時」は「□」を擦消した上に書く。
8ウ8（110頁）、ひし↓「ひ」と「し」の間を擦消し「ひ」の下を補筆する。「かし」と間違わないためか。
11ウ4（116頁）、御もの↓「御」は「イ」の部分を擦消してから書く。
12オ1（117頁）、いふ↓「い」は「□」を擦消した上に書く。
12オ10（117頁）、なとハさふ↓「さふ」は二本線で抹消する。
12ウ9（118頁）、心↓「心」は「□」の上に書く。
16ウ5（126頁）、いふの↓「いの」の間に青墨で「○」を付けて「ふ」を補入する。
18ウ2（130頁）、於とろき↓「於」は「を」を擦消した上に書く。
21オ8（135頁）、御し↓「し」は「□」を擦消した上に書く。
23ウ2（140頁）、けり↓「り」は「□」を擦消した上に書く。
23ウ4（140頁）、まへハ↓「へ」は「つ」と「へ」の類似による混乱を避けるために、改めて擦消した上に「へ」と書く。

三、定家本について

藤原定家が書写校訂した源氏物語を中核にした、近代文献学による研究の出発点は、池田氏の『大成』である。この中で、定家本とされているのは、大島本・明融本・定家本四帖・『奥入』である。明融本は大島本と親本が同じであるため、明融本以外の三種を中心に検討されている。特に大島本は、『大成』の底本になった写本として名高い。この三写本を中心に、定家本の性格を論述する。

〔大島本の性格〕

佐渡の旧家から出現した源氏物語を大島雅太郎氏が購入して池田氏へ提供したところから「大島本」と称されている。池田氏は、青表紙本系統であると認定していることに加え、『大成』の底本に用いた。その理由は明融本『柏木』等と一致し、「奥入」が巻末に附けられていることであった（『大成』巻七、第一章）。

近年、大島本の異本注記に「定本」すなわち定家本による校訂注記があるため、定家本ではないのでは、という疑問も提示されている。例えば『真木柱』巻末に「興津ふね」とあるのを例にすると、右脇に「定本波とあり」と朱注がしてある。『奥入』では「おきつなみ」（図8）とある。

次に検証するが、大島本は、江戸時代の注釈書類で、歴代所有者の手によって何回も校訂されて、現代に見るような定家本系の本文を持つ大島本が完成されたことを筆者は提示してきた。大島本の本文において、最も大きく換えられて定家本となった箇所は、『柏木』巻末切除であった。

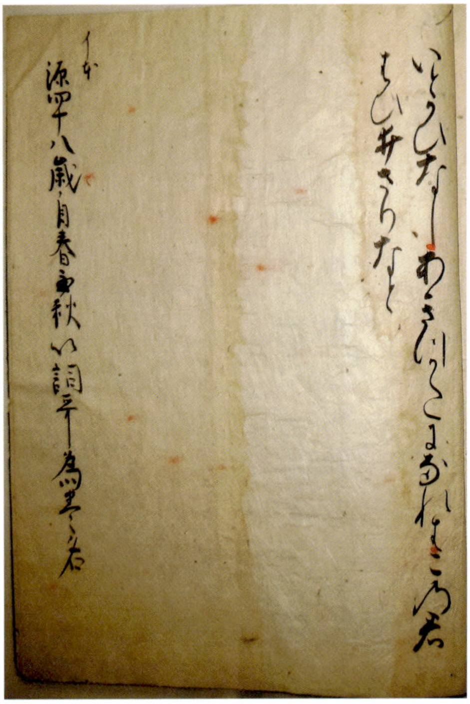

図3 『柏木』巻末削除箇所

図4 『柏木』巻末袋装内

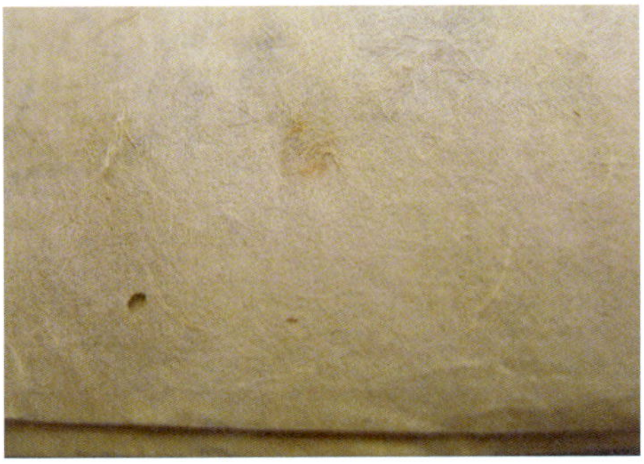

図5 『柏木』巻末袋装内朱句点

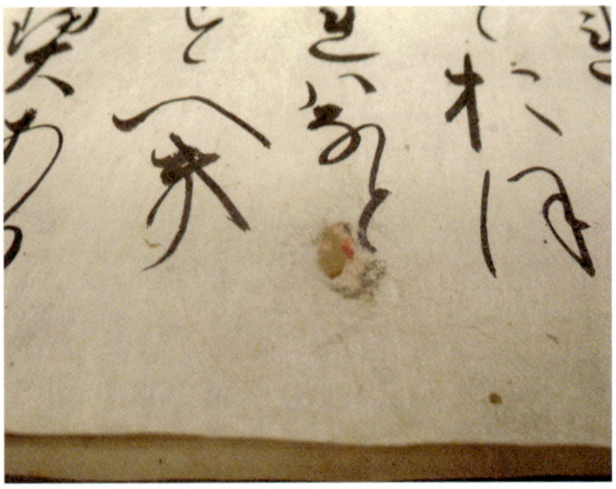

図6 『帚木』九八丁ウ朱句点削除

図7 『帚木』九八丁ウ袋装内朱句点

〔大島本『柏木』巻末切除〕

大島本『柏木』の当初の巻末は、河内本系統の諸本と同じ四十余文字存在していた。が、江戸時代に切り取られ、定家本と同じ「いさりなと」で終わっていることを、筆者は指摘してきた。この切除は本文でなく、書入れや注記が削られている、との否定説が出た。そこで筆者は「なと」の下に残されている朱句点と墨痕を顕微鏡で観察した結果を「大島本源氏物語の写本学研究」[2]として発表し、反論した。『奥入』の巻末本文や定家本『柏木』巻末を見ても、いずれも「いさりなと」で終わっており、大島本の書写当初は河内本系の本文を有していたことを示す、筆者の切除説は信じられていなかった。

再度、大島本を調査して「大島本源氏物語『柏木』袋装内朱点」[3]で報告をした。内容は、切除され、補修紙があてられている『柏木』五二丁オ(図3)の補修紙下の袋装内部を開くと(図4)、袋装内部の切取られた本文下あたりに、付けられていた丸い朱句点の痕跡(図5)があった。これは補修紙にはない。では、この袋装内にある朱点は、どうして付けられたのであろうか、というのが主旨である。

袋内に朱句点がある大島本の冊子を点検すると、『帚木』に同じ痕跡を見出した。その箇所は、九八丁ウ五行目末「なと」である。「と」の下に本文の朱句点が打たれていたのを、擦消したために破れている箇所(図6)である。袋装の内部を見ると、破れた下に朱句点の朱が移っていた(図7)。従って、この朱移りは、『柏木』巻末本文が切取られたことの証拠であり、決して書入れや注記ではない。河内本の末尾の四十余文字に相当するほどの量の料紙が切り取られており、かつその箇所には本文が書かれていたのである。

写本を調査する時、写本から話しかけてくる声に素直に耳を傾けて聞かなくてはならない。調査する前に、文章を研究すればするほど、原本から遠ざかっていくことが多い。本文を研究する人が本に向かう時、最初に「こうではなかろうか」と想定して臨むのが一般的である。結論が先にあるために、想定していた通りに写本が見えてくる。『柏木』巻末が切り取られるはずがない。書入れ・注記等のものであると思って大島本を調査すると、その通りに見えてきて確信になってしまったのであろう。

〔大島本の改変〕

藤井日出子氏は、大島本の本文改変をもとに、第一論文「右大臣と左大臣―大島本における夕霧の官位表記をめぐって―」[4]、第二論文「大島本花散里巻の再検討―「花散里」をめぐって―」[5]、第三論文「大島本『源氏物語』初音巻―当初の本文―」[6]を発表された。第一論文の冒頭(二一頁)で、

> 夕霧は「竹河」巻末で右大臣から左大臣に昇進する。「竹河」巻末に「右は左にとう大納言左大将かけ給へる右大臣になり給」とあり、先の左大臣が死亡して、「右大臣」であった夕霧は「左大臣」に昇進したというのである。この「右は左に」の部分は現存する諸本すべてに見られる。したがっていずれの本文

においても、夕霧はここで「左大臣」に昇進したことになる。ところがこの昇進記事の後に、大島本は再び夕霧を「右大臣」としている。すなわち「左大臣」と「右大臣」の表記が混在しているのである。この間、夕霧の降格の記事は見られないから（『源氏物語大成』）（以下『大成』と略す）夕霧の官位に矛盾が生じることになる。

と記述している。藤井氏の調査に筆者が立ち会ったおり、この疑問を提示された。その箇所を見たが「右」は「右」であった。そこで、袋綴装の中にそっと小型の懐中電灯を差し込み、裏から文字に光を宛てて透過光で見ると、「左」をなぞって「右」にしたことが判明した。他にも氏が指摘された矛盾がある記述も、なぞり等で改変されていた。このなぞり書きの判明により、氏は夕霧の左大臣から右大臣の降下がなかったことを論証されたのである。

第二論文では、筆者が科学研究費「大島本『源氏物語』の本文復原研究」（課題番号二三五二〇二七四）を受けて、大島本の擦消なぞり等を排除して、写本当初の本文復原を試みた。その成果の一部「ん」についての概要を『初音』四号で報告した。(7) さらに、擦消等による改変を示した。代表例として、大島本『花散里』の三丁オ一〇行目行頭「女御」とあるが「女の」の「の」を擦消して「御の」とする。同丁ウ四行目行頭の「女○（御）の」も、最初は「女の」とあったのを、後世に「女」と「の」の間に挿入記号を記入して「御イ」と校正した。さらに、異本注記を示す「イ」を擦消していることを提示した。この改変を氏は研究され「花散里の再検討」として発表された。それによると（七八頁）、

現在のところ「女」とする本文は当初の大島本しか伝わらない本文であるが、この当初の大島本花散里巻をそのまま読んだ場合、語法的にも内容的にもまったく問題はなく、「花散里」を矛盾なく解釈できる。（中略）したがって当初の大島本花散里巻では「花散里」は「女御」や「邸」ではなく三の君を指すと解すべきことが明らかである。この当初の大島本による解釈はこれ以降の巻とも矛盾はなく、花散里以降一貫して「花散里」は三の君の呼称となっている。

と述べられている。さらに、「このように古注・年立・梗概本では、花散里巻で「花散里」が三の君を指すと解釈されていたことが知られる。」（七六頁）と論じている。

第三論文は、大島本の擦消改変以前の本文を検討し「これまで大島本「初音」は別本とされてきたが、そうではなく大島本全体の中に位置付けられる巻であることが分かった。」（三七四頁）と結論付けている。

以上、藤井氏は、大島本が後世の校訂により改変されていることを論証された。それは、定家の作家性により、大島本の祖本である親本を如何に校訂しているかの検討になる。加えて、定家は文章を理解しやすいように文字遣いを統一したことも知られている。

〔定家仮名遣いと源氏物語〕

冷泉家時雨亭叢書に収録する『定家仮名遣』(8)の序文に、定家が文章の文字遣いを統一していることが記述されている。

京極中納言定家卿家集、拾遺愚草の清書を祖父河内前司于時大炊助親行に誂申されける時、親行申て云、を於えゑへいゐひ等の文字のこゑかよひたる誤あるによりて、其字の見わきかたき事存之。然間以此次、後学のために、さためをかるへきよし黄門に申處に、我もしか日来より思ひよりしこと也。さらハ主嚢か所存の分書いたして進へきよし仰られける間、大概如此註進之處ニ申ところ、悉其理相叶へりとて、即被合點畢。然ハ文字遣をさたむること、親行か抄出、是監觴也。加之行阿又案之に、権者の製作として真名の極草の字を伊呂波に縮なして、文字の数のすくなきに、い井ひ越お江ゑへ、おなし読のあるにてしらぬ(ママ)。各別の要用につかうへきいハれを然而先達の猶書もらされたる事ともある間、是非のまよひをひらかんために、追て勘くハふるのみにもあらす。更又本わハむうふの字等をあたらしくしるしそへて侍り。其故ハ、本はをによまる。王ハ者にかよふ。むハうにまきる。ふハ又うにおなしきによりて是等を書分て段〱とす。のこるところの詞等ありといへとも、それにて可准據歟。仍子孫等守此勘勒之趣、可神秘、、。

遠藤邦基氏は、叢書解題で「序文の大意は、源知行(行阿)の祖父の親行(一一八八〜一二七七)が定家に依頼されて『拾遺愚草』を清書した際に、「をおえゑへいゐひ」の八種の仮名づかいの校訂をしたが、行阿はそれに加えて「ほわはむうふ」の六種の仮名づかいの具体例を示した、という内容である。」(五頁)と解説する。

定家の私家集『拾遺愚草』(9)(国宝)は定家を家祖に持つ冷泉家に伝存している。上巻の「建保四年院百首」のあとに、建保四年(一二一六)三月十八日附の本奥書がある。この時、定家五五歳であった。これ以降も編輯を続け、下巻巻末に「遁世のよしき、て」と題して、源家長と藤原隆衡との間に交わされた四首の贈答歌が記されている。定家は七二歳の天福元年(一二三三)十月十一日に出家し、法名を明静とした。そうなると、現在の冊子本は出家後に、定家監督本として仮名遣いに留意して清書されたことになる。

出家前か後かは確定できないが、いずれにしても、源氏物語も定家仮名遣いで書写されていることは『奥入』や定家本『早蕨』に見えるところである。

『奥入』は、もと冷泉家に襲蔵され、冷泉為満が徳川家康に見せている(『言経卿記』慶長五年五月六日条)ことでもわかるように、家の証本として伝えられた。奥書に、

此愚本、求数多旧手跡之本、抽彼是用捨、短慮所及、雖有琢磨之志、未及九牛之一毛、并蛙之浅才、寧及哉、只可招嘲弄、纔雖有勘加事、又是不足言、未及尋得、以前依不慮事悲徒、此本披露於華夷、遐邇門々戸々書写、預誹謗云々、雖後悔無詮、懲前事、毎巻奥所注付僻案切出、為別紙之間、歌等多切失了、旁

雖堪恥辱之外無他、向後可停止他見、　非人桑門明静

と記す。源氏物語を書写する際に、物語の注釈である「奥入」まで書いたために、定家は誹謗に預かったという。「悲徒」は擦消して紙が薄くなった上に墨で塗りつぶしている。そこで「毎巻奥所注付僻案切出」して「為別紙之間」とあるように、「奥入」部分を切取った丁に紙を足し、その足し紙に四つ目の穴を開けて二箇所の大和綴にし、青地の料紙を付けて表紙にして別冊にした。巻末本文も「奥入」と一緒に切取られて『奥入』の一部になったために、削除記号が付けられている。

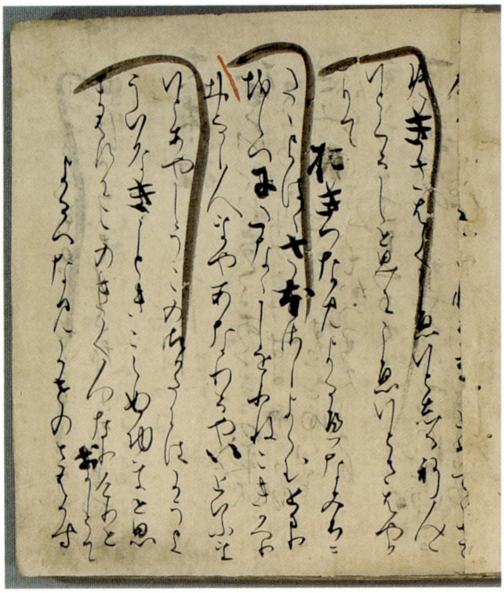

図8『奥入』の『真木柱』

　切取ったもとの源氏物語の装訂は綴葉装であった。それは、本文一行目が半分ほど切られている箇所があり、綴側にぎりぎりに書かれていたことから判明する。

　現在の『奥入』の装訂は、元禄七年（一六九四）に冷泉為綱が補修したものである。奥書部分は、為綱が補修した折り、この一丁だけは相批ぎして台紙に貼った。本紙は、もとの大和綴から糸をといて、二丁ごとに糊付けして粘葉装に改装した。『奥入』を調査すると、『紅葉賀』「青海波詠之」・『匂兵部卿宮』多久行「一かたの大将」・『竹河』多久行「踏哥曲」の料紙は江戸時代のものであった。他本で校訂した際に、為綱が追加したと思われる。

　大島本や定家本四帖にしても定家書写奥書はない。確実な奥書がある源氏物語はこの『奥入』だけである。

　そこで、『奥入』の『真木柱』（図8）巻末（丁ウに二行本文あり）を、擦消や校正に留意して例示し、検討を加える。『奥入』の行数通りに翻刻し行番号を付し、左に私注を加えた。通常の平仮名は遺し、他は字母にした。なお、『奥入』のこの部分を含めて、詳細な研究は片桐洋一氏[10]と渋谷栄一氏[11]の論文に尽くされている。ここでは定家本の校訂姿勢の一環として例示する。

1、□

2、免きさ者くこゐいと志る新人〳〵

・「き」は「支」をなぞる。

3、いとくるしと思尓こゐいとさ者や可

4、耳て

5、　　於きつな見よる遍なみちニ

・「於」は「越」を擦消した上に書く。「き」は「支」をなぞる。
6、多、よはくさ本佐しよらむと万り
・「さ」は上だけをなぞる。「本」は「を」の上に書く。
7、越しへ尓多な、しをふねこき可へり
・「尓」は「よ」の上に書く。
8、お奈し人乎やあなわるやいといふ乎
・「い」は「〱」を擦消した上に書く。
9、いとあやしうこの御可多尓は可うよ
10、ういなきことききこえぬ物乎と思
・「き」は「支」をなぞる。
11、ま者須尓このきく人なり介りと　お可しうて
・「お」は「をヵ」の上に書く。
12、　よるへな見可せのさ者可す

　このような改変行為は定家自身であろう。とくに、定家仮名遣いで5「越」を「於」、6「を」を「本」、11「をヵ」を「お」に書き改めている。『奥入』の『若菜』も、「帰し於きなと」の「於」は「を」を擦消して書きなおしている。さらに定家本『早蕨』も、一八丁ウ二行目の「於とろき」の「於」は「を」を擦消した上に書いている。「奥入」を源氏物語に付けたことも合わせて、定家による読者へ文意を正確に伝えるための仮名遣いであった。

　『奥入』を制作した後は、「奥入」がない源氏物語定家本は現在のところ確認されていない。

〔写本の大きさ〕

　定家本は大きさで二種に分けることができる。すなわち一枚の紙を六つに折った『奥入』の六半本（升形本）と、四つに折った定家本四帖の四半本である。この違いから両書の親本が異なっている可能性を指摘できる。

　写本作成は親本の通りに写す。定家は、家中の女小女等を総動員して大部な源氏物語を一気に書写させた。女小女等は脱落や意味が通じなくても改変することなく、親本の通りに写す。そのあとで、定家に校訂されたのが定家本である。

　そうなると、四半本と六半本は親本が相違するのではなかろうか。六半本を単に拡大して四半本にする。また、四半本から六半本に縮小すると思いがちである。が、綴葉装は、最初に丁数を決めて仮綴した帖に罫線枠を置いて書写するため、行数紙数とも最初から決めなくてはならない。丁を追加することができないのである。

　行数等を調べてみると、『奥入』六半の丁に全面的に書かれている本文箇所『真木柱』『柏木』を見ると一一行で約一四字詰めである。定家本四半本の一丁オは八から九行で約一行二〇字詰めである。行数字詰めの違うものを書写するのは困難であるため、二種類の親本があったと推測できる。すなわち、定家は、証本として六半本と四半本の二組持っていたことになる。また、六半本で「奥入」がない写本が伝えられている可能性もある。

　定家の証本に関する史料としては、定家の日記『明月記』嘉禄元

年（一二二五）二月十六日条、

自去年十一月、以家中女小女等、令書源氏物語五十四帖、昨日表紙訖、今日書外題、年来依懈怠、家中無此物建久之比、被盗失了、無証本之間、尋求所々、雖見合諸本、猶狼藉、未散不審、雖狂言綺語、鴻才之所作、仰之弥高、鑽之弥堅、以短慮寧弁之哉、

である。家に伝わる証本としての源氏物語は「建久之比、被盗失了」と注記している。しかし、この建久年間（一一九〇～一一九八）から三〇余年間も定家は源氏物語を持っていなかったとは考えにくい。「盗失」は盗まれたのではなく、他人に貸し出したものが返却されなかった意味であろう。この間の『明月記』にも源氏物語の記述があり、盗失の間でも所々に尋ね求めて、諸本で見合せているため、定家は源氏物語を持っていた。

建久年間に盗失したという「証本」は父俊成書写本であったと想定している。その根拠は、源親行の『水原抄』をもとに編纂したという源氏物語注釈書『原中最秘抄』に、紫式部自筆の源氏物語を清書したといわれる藤原行成筆本を、俊成が書写したとある。つまり、定家は「建久之比」までは俊成書写本の証本を持ち、それ以降は別の証本を使用していたのである。

定家は『土左日記』（国宝、前田育徳会尊経閣文庫蔵）を書写する際、貫之原本巻末の姿を模写している。同様の現象として、大島本『若菜』巻末一丁のみが俊成筆跡と類似する書写者によって写されている。大島本の祖本は、定家が「建久之比」まで持っていた俊成本を写して「奥入」を追記した初期段階の証本であったと想定される。大島本の中に、行成の清書の姿が垣間見られるのである。

女小女等が書写した源氏物語は、六半本か四半本かであるが、この記事からは未詳である。

〔青墨校訂〕

定家は重要な校訂をする時、貴族が用いる青墨を使用している場合がある。定家本『土左日記』（国宝）は青墨により校訂が施されている。筆跡等からも定家の校訂と思われる。[12] 本書にもわずかであるが青墨校訂が見られる。『行幸』三三丁表二行目の「たまへに」は「に」を擦消して、次の行頭に「尓」と青墨で追記する。『早蕨』一六丁裏五行目「いふの」は「いの」の間に挿入記号「○」を付けて「ふ」を青墨で補入する。

以上のことをもとに、家の証本『奥入』と比較すると、いずれもよく一致しており、両者が証本に忠実になるよう慎重に書写されていたことがわかる。丁寧な書写から、本書二帖は他所に譲渡された写本と推測する。

おわりに

筆者は、常に書写する人と校訂者の気持ちになって調査する。その結果、写本は形態も含めて、その時代と用途に従った変化が見え

てくる。大島本は、各時代の所有者により、段々と定家本へと向かっていった写本と言えよう。

　前述のように、大島本『柏木』巻末本文が削除されて定家本系等の本文になっていった例も、そのひとつである。

　定家の校訂編修は尊重されていた。和歌所で撰集する際に、歌を書き抜きして、部立てに分けられた袋の中に入れる。その袋を飛鳥井雅縁（一三五八〜一四二八）筆になる『諸雑記』で「此かみふくろに入侍る歌をは袋歌（テイカ）と申也」(13)と記載している。「袋」には「テイ」の音はない。「テイカ」と振り仮名をしているのは、『新古今和歌集』『新勅撰和歌集』の撰者としての尊敬とともに、定家が収録した歌を時代にあわせて編纂していたからであろう。

　定家は作品を校訂するにあたり、切除や追加によって判りやすくし、「定家仮名遣い」で文章を統一することで、同時代の読者に向けて写本を作っていった。それは、現代の文学者と同じ行為でもあろう。しかし、近代実証研究と相違する点は、校訂者の感性と、その時代にあった解釈により、本文を変えていることである。その結果、写本系統が生まれる。源氏物語も池田氏により、青表紙本・河内本・別本の系統に分けられている。

　青表紙系統の中でも、大島本・定家本・『奥入』を比較検証すると、多くの改変が見られる。特に、定家が『柏木』巻末を切除したことにより、源氏物語の文学性がより高まった点は特筆に価する。作家としての感性により、定家は紫式部以上に解釈をして、源氏物語を作り上げた。

　また、定家の書写・校訂作業は古代から中世への橋渡しと表現されることが多い。それは、『更級日記』を始めとする孤本が定家写本により伝えられているからである。だがそれ以上に、定家の古典文学写本制作における緻密で主体的な校訂により、古代の意味を現代に分かるように解釈した行為こそが、真の橋渡しの意味であると、筆者は考えている。

　源氏物語は定家により、芸術性の高い本文になり、国民的文学として世々に広がり、世界文学へと昇華した。

注

（1）『太田晶二郎著作集』第四（吉川弘文館、一九九二年八月刊）九五頁。

（2）拙稿「大島本源氏物語の写本学研究」（『大島本源氏物語の再検討』和泉書院、二〇〇九年一〇月刊）。

（3）拙稿「大島本源氏物語『柏木』袋装内朱点」（『古代文化』第六一巻一二月号、二〇〇九年一二月刊）。

（4）藤井日出子「右大臣と左大臣―大島本における夕霧の官位表記をめぐって―」（『国際教養学部論叢』第一巻第二号、二〇〇九年三月刊）。

（5）藤井日出子「大島本花散里巻の再検討―「花散里」をめぐって―」（『中京大学〔文学部紀要〕』第四九巻第一号、二〇一四年一〇月刊）。

（6）藤井日出子「大島本『源氏物語』初音巻―当初の本文―」（『中京大学〔文学部紀要〕』第五一巻第一号、二〇一六年一二月刊）。

(7) 拙稿「研究報告　大島本『源氏物語』の本文復原研究」(『初音』四号、古代学協会、二〇一四年八月刊)。

(8)『定家仮名遣』(冷泉家時雨亭叢書巻第一〇〇巻、朝日新聞社、二〇一七年一一月刊)。解題者の遠藤邦基氏は、定家の仮名遣いに関連した一連の研究がある。「擬定家本の定家仮名づかい―親本〈資経本〉から改訂された表記―」(『国語国文』第八二巻第四号、二〇一三年四月刊)・「坊門局の表記―「とん(=とも)」助詞「お」の場合―」(『新村出記念財団設立三十五周年　記念論文集』臨川書店、二〇一六年五月刊)・「定家の加筆訂正した仮名づかい―秋篠月清集のばあい―」(『国語国文』第八五巻第一〇号、二〇一六年一〇月刊)。

(9)『拾遺愚草』(冷泉家時雨亭叢書第八・九巻、朝日新聞社、一九九三年一〇月・一九九五年二月刊)。

(10) 片桐洋一「もう一つの定家本「源氏物語」」(『中古文学』第二六号、一九八〇年一〇月刊、後に『源氏物語以前』笠間書院、二〇〇一年一〇月刊所収)。

(11) 渋谷栄一「定家自筆本「奥入」所引「源氏物語」本文をめぐって」(『中古文学』第五一号、一九九三年五月刊)。詳細な研究「定家自筆本「奥入」巻尾本文の再検討」をSaiNet「源氏物語の世界」で公開。

(12) 拙稿「尊経閣文庫蔵『土左日記』(国宝)の書誌的研究」(京都文化博物館研究紀要『朱雀』第七集、一九九四年一二月刊)。

(13) 濱口博章『中世和歌の研究―資料と考証―』(新典社研究叢書32、新典社、一九九〇年三月刊、三七〇頁)。

【参考史料】『大原野行幸次第』　一巻（個人蔵）

一、はじめに

平安時代中頃に律令制度が崩れ、藤原氏を中核とする貴族社会の摂関政治が成立した。その基礎は、家の確立と家柄の固定化である。摂関家に生まれたもの以外、摂政・関白の位につくことができない階級社会であった。このような時代に藤原定家は、羽林家に生まれ、極官は大納言の家柄であった。

摂関政治における律令法的な法令は確立していなかった。そのために、貴族は朝廷に出仕して政治を行うにあたり、各人による先例が重んじられた。その行動は、規範として家の先例になり、有職故実として固定化することとなった。朝廷の儀式（朝儀）に臨むためには、先例を参考にしなければならない。それ故に、各儀式の有職故実書が編集されて用いられた。貴族社会の完成は、藤原道長時代と言われている。まさに道長の娘彰子に仕えた紫式部によって源氏物語が創作された。

定家による『奥入』が附記されたのも、物語の理解を深めるために故実を示す必要があったからであった。

本巻（図9）は、右のような故実書のひとつとされるもので、未紹介の定家による大原野（社）行幸の儀式次第書（個人蔵）である。俊成・定家を家祖とする冷泉家には、朝儀の故実書を九七件集めた重要文化財の一箱（『朝儀諸次第』全四冊、冷泉家時雨亭叢書第五一～五五

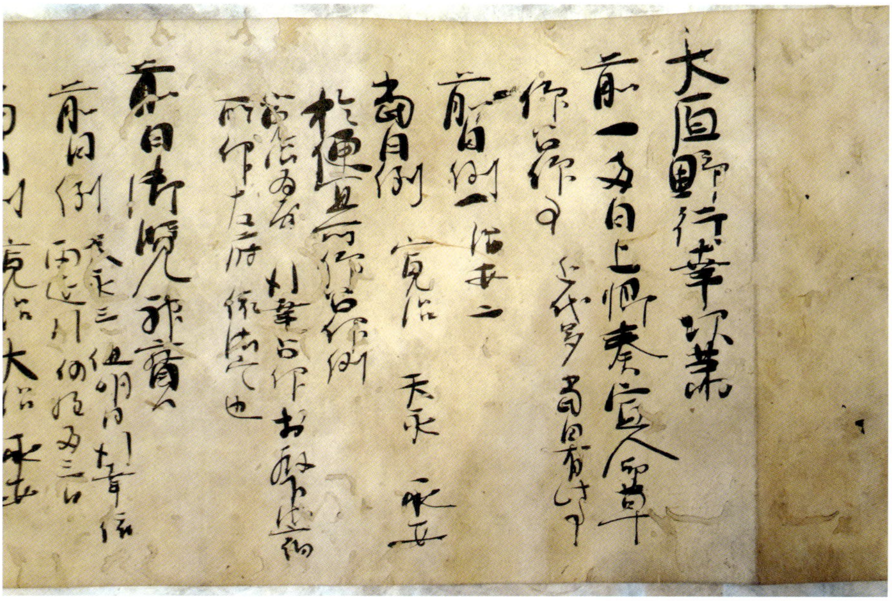

図9『大原野行幸次第』巻頭

巻、朝日新聞社刊）があり、本巻もその一部であったと思われる。

定家は、故実書等も参考にしながら源氏物語を校訂したと思われる。『行幸』の遊猟（野行幸）と本巻の社参とは相違し、その上定家は本巻を校訂に用いていないが、今、本巻を見ると行幸の様子がわかるので、参考になると思い掲載した。

二、編集と活用

本巻に引用する行幸の年次は、寛仁年間（一〇一七～一〇二一）・治安二年（一〇二二）十一月二十八日・長久二年（一〇四一）八月三日・承保三年（一〇七六）八月二十九日・寛治四年（一〇九〇）二月二十三日・天永三年（一一一二）七月二四日・大治四年（一一二九）四月十一月七日・応保元年（一一六一）八月二十五日・承安元年（一一七一）四月二十七日である。引用史料は、今は伝わらない記事も多く、貴重な文献である。

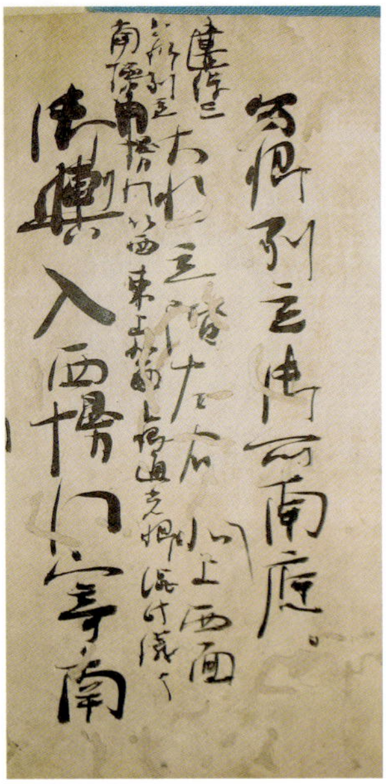

図10　建保三年追記

定家が本巻を編集した契機は、建保三年（一二一五）四月二十六日に順徳天皇の行幸の担当者になったためである。(1) 担当者としての記事が、五紙目に書き加えられている（図10）。この追記により、本巻が実際に定家の懐に入れられ、行事に使われていたことが判明する。ただし、筆跡の全体は、定家の書風（定家様）により清書された、定家の家司による右筆書き（定家監督本）である。

法量は縦一五・一cm、全長七二一・一cm（墨附一四紙・白紙一紙、計一五紙）。楮紙打紙。

本巻を書くにあたって、まず八紙の紙を横半分に切って一六紙を作り、糊附けして巻物にした。さらにこの巻物を二六折に折って、折本を作る。行幸記事を編集した下書きの親本をもとに、折本に清書した。

行幸の際、この折本を定家は懐に入れて、参照しながら進行にあたった。

江戸時代初期頃に、折本状であったものを、現在の巻子に仕立て直した。この変化は、中世から近世の移行に伴い実用性が失われ、当時の古筆鑑賞の流行とともに、定家の書跡として尊重された現象である。中世以来の書物が、実用書から文化財となった例ともいえる。

三、伝来

本巻の伝来は冷泉家からと思われる。冷泉家には、安土桃山時代から江戸時代初期にかけて書写をした『冷泉家蔵書目録龍曲蔵』一冊がある。[2] 書目の中に「大原野行幸次第一冊」の記載があり、「一冊」を折本とすると本巻であろう。冷泉家から流出したのは、江戸時代初期の古筆の流行により、多くの典籍が冷泉家から散逸に見舞われていた時期であろう。[3]

現在までの伝来は、次の四点に記載されている。

・折紙極一枚（縦三六・三㎝、横五三・五㎝）。

包紙上書「大原行幸記録折紙　一巻」（縦三二・三㎝、横四五・三㎝）。

大原行幸之記
小軸一巻
京極黄門定家卿
真毫無疑者也
（四角朱印）金子五十枚
元禄十六年　古筆
皐月上旬　了仲（四角朱印）

・内箱、桟蓋桐箱（縦一八・七㎝、横五・四㎝、高五・六㎝）一合

「桟蓋裏墨書」
定家卿筆行幸之記
紙数十五枚内奥壱枚白紙

・中箱、印籠桐箱（縦二〇・四㎝、横七・三㎝、高八・二㎝）一合

「桟蓋上墨書」
十六番
大原行幸次第　一軸
定家卿筆

・外箱、桟蓋桐箱（縦二三・五㎝、横一〇・三㎝、高一三・三㎝）一合

「桟蓋上墨書」
大原行幸次第巻
京極黄門定家卿筆　壱巻

「桟蓋裏墨書」
故　久邇宮様御旧蔵なりしか
ゆへありて京都の某に賜はり
希世の珍品也　古筆了伍（花押・四角朱印）

右の四点から散逸後に、その存在がわかるのは、古筆了仲の元禄十六年（一七〇三）五月の極である。藤原定家の筆に相違ないとする。同時に元禄年間にはすでに散逸していたことが判明する。所持者は不明である。

次に、箱墨書から、久邇宮家旧蔵であったことが判明する。宮家がいつ頃この一巻を入手したのであろうか。冷泉家時雨亭文庫には、本巻を明治十七年（一八八四）に久邇宮朝彦親王から冷泉家の当主為理に鑑定を依頼したことが見える。この折に、本巻を為理が書写

した一巻（架号い一六五）が時雨亭文庫に遺されている。そうなると、明治十七年に久邇宮家が本巻を入手し、冷泉為理に鑑定を依頼した。その後に、宮家から京都在住の某氏に下賜され、さらに現在の所有者になったと推測される。

注

（1）『仁和寺日次記』・『百練抄』一二、佐渡院。

（2）『中世歌学集　書目集』（冷泉家時雨亭叢書第四〇巻、朝日新聞社、一九九五年四月刊）。

（3）拙著『本を千年つたえる　冷泉家蔵書の文化史』（朝日選書八七〇、朝日新聞社、二〇一〇年一〇月刊）。

〔翻刻〕

凡例

一、原本の行数通りに翻刻した。

一、正字・俗字・異体字は常用漢字に変えた。

大原野行幸次第

前一両日、上卿奏宣命草、
仰召仰事近代多当日有此事、
前日例一、治安二、
当日例、寛治・天永・承安、
於便宜所、仰召仰例、
寛治為房、行幸召仰、於殿下御宿
所、仰左府、依御定也、
前日、御覧神宝、
前日例天永三、但明日行幸依雨延引、仍経両三口、
当日例、寛治・大治・承安、
執柄覧例、
寛治、主上着御、々装束之間、
不出御、　殿下覧之、其儀如例、
主上有御湯殿事、
剋限、諸卿参着仗座、
治安、寅刻参内、随身取続松、
居小庭、　応保、両大将不参、
仰留守人当日召仰、其次仰、
蔵人皆供奉、此非蔵人留
守例承保三、隆方・時範難之、　」1紙目
主上出御南殿、
治安、　予示頼宗卿云、卯時出御
時也、与諸衛官不参、且出御南
殿、可置歟、頼宗申関白、即出御
南殿、
天永・大治、辰時、
承保巳初、寛治午剋依御路所経也、
反閇、
陣引、
将渡、
公卿列立、
少納言出鈴無奏、
将監舁出大刀契、
治安、左近衛監未参、仍難寄
御輿、関白仰右将監一人候、以
一人可渡左、即仰外記、
又云、主殿官人不参、予使
掃部頭、取御座覆、
上﨟次将候劔璽役、
乗御、　無警蹕、
劔璽将取御挿鞋、
公卿前行、騎馬、
大将前行、不仰御綱、
乗輿出御、　」2紙目
長久、出西門天一雖在酉、自
御所坤、仍用此門、有例、
於路頭、有駄餉事、
承保・大治、於迎明神近辺有、
―　―
承安　於嶋坂大路―　有―
件所外記、令使部立五位・六位、

下馬標、
車駕着御社頭、入御西幔門、
雅楽奏立楽、
神祇官於大幔外、献大麻、
着御已前、神祇官参入、
有大殿祭事、
内侍・女房等、豫参御在所、
天永雅兼、開南幔門、寄南
面東二三間、

社頭御装束事、
着到殿、為御在所玉垣東鳥居外卯酉、
妻六間屋也、南有庇、放出西三ケ間
東女房候所、母屋西一間敷高
麗二枚南北行、其上敷同
半帖、為御拝座西面、中
央間、立軽握、敷繧繝二枚
東西行、其上東京茵南面、為御 」3紙目
座、其東間敷繧繝三枚、為
平敷御座南面、西間庇敷両
面一枚東西行、為辺敷同第
三間、敷両面一枚東西行、為
執柄座、御所東北両方、
両方立渡大宋御屏風、
其後引軟障、件間西面
御簾皆垂之、南面懸母屋
簾巻、南面第二間有御
輿、寄御在所、四面立班幔
西方有屏代幔、南方有幔門、西鳥居外
立五間握、為公卿座、東
方有幔門、以半帖、為座、
大盤備饌北上対座、西庇敷
侍従座、件握南立、握
上官座、以其南屋、為執
柄休幕、御所南屋為
殿上人座、直相殿為
勅使座、舞人・陪従座前
立大鼓・鉦鼓、 」4紙目
供奉上下、各下馬、依次
列立鳥居外、立五位下馬標、
衛門列立大幔外、
兵衛列立大幔内、
公卿於衛門陣前、下馬、
入南幔門、
左右大将入大幔立替、
公卿列立御所南庭北上西面、
大将立階左右、
（追記）「建保三、
公卿列立
南幔内幔門、以西東上北面、上卿通光卿混此儀了、」
御輿入西幔門寄南、
面西第二間、
御輿向東、
無御輿寄、諸卿居地、
主殿撤屏幔入御後立之、
掃部敷莚道、
陪従発哥笛、
有御輿寄例承安、上卿奏之、依有之、公卿不居地、
無例、治安・天永、
下御、無警蹕、
次将候劔璽、
承安、不被待執柄参同記殿下入南幔門給、
此間、諸卿着公卿握、
治安、内大臣参御所不着之、
主上御平敷、

供腋御膳御菓子、
上卿奏宣命清書付職事、
（追記）
「於南幔門外、付職事、入筥、」
」5紙目
当座上首、奏宣命例、
（追記）
「治安二、引御馬間狼藉、依関白命、
上卿奏之、」
行事上卿奏例、
寛治・天永・大治・承安、
寛治、佐記、或当日上奏之、
然与依作法、不分明譲行事上卿、
此間掃部寮敷藁薦三
枚於西庭、
内蔵寮立案二脚、置
御幣四捧、
神祇官舁立神宝、
掃部寮敷使并宮主座、
西向儀、天永・承安、
掃部寮敷藁蓆三枚於西庭南北行、
内蔵官人立案二脚於東薦
上、捧持御幣、倚件案、
神祇官人舁高坏四脚、立其西

薦上、其上置神宝錦旧四流、神宝四具、
細横十二合並置其南、
藁薦、東方敷使宮主座、
宮主座北使南頗退東、
北向儀、寛仁如此、
副北幔東西行、敷藁薦、
案御幣神宝等、其南
敷使宮主等座宮主東、使西、頗退南、
主水司供御手水陪膳女房、
」6紙目
或近習公卿　殿上人、
主上着御々拝座母屋西第一間南辺西面、
蔵人頭献御笏、
寛治、蔵人頭俊忠献御笏、
御笏非職不献、雖五位・六位
職事、必可献由、為房申定了、
内蔵寮供御贖物陪膳蔵人頭、役過五位蔵人、
自庇西面御簾南妻供之、
承安、頼業記云、頭中将実宗陪膳、
解弓箭劔、不垂纓、左衛門
権佐光雅不解胡籙・劔、置
弓役過、

次宮主献大麻陪膳伝献一撫一呴了、
返給、陪膳取之、給宮主、
天永、自西幔門、伝献、
承安、自南幔門、献之、
宮主給大麻、着座、
上卿入南幔門、着座、
衛府公卿撤弓箭・垂纓・把笏、
此間、舞人入幔門、引立、
御馬引入西幔門、
寛治、神馬二疋引立幔門、
承安、第二第五最末引之、
御禊了、宮主退出、
」7紙目
引出御馬、
天永、雅兼御拝了、引出御馬、
撤御蹄物、
此間、陪従於幔外、発物声、
次上卿就案、頭搢笏、取
幣立乾向、
次御拝両段再拝、
天永、御拝西面頗向北歟、
上卿置幣後座執柄咳示、

（追記）
「寛治四、行事公房不参、中将保実卿取之、」
行事宰相、取上卿挿頭、
　花藤、入南幔門、史伝之、
殿上人取舞人已下挿頭桜、
　天永、雅兼殿上人給舞人陪従、
　承安　頼業殿上人給舞人挿
　頭桜、史生給陪従款冬、
上卿起座、出西幔門、参社頭、
　承安、先庭掃、次神宝大納櫃、
　次勅使、次舞人走馬在其傍、
　次弁外記史々生官掌等
　陪従、又在其傍、

此間、撤神宝、

主上入御、脱御装束御、
此間、職事仰社司賞於上卿、」8紙目
　承安、勅使出幔門之間、以頭弁、
　仰之、
　治安・寛治・天永舞間仰之、
　以頭弁仰例、天永・承安、
　以行事弁仰、治安経頼、
　以奉行職事仰、寛治為房、

御厨子所供御膳、
　寛治為房云、内膳供朝膳
　采女陪膳、
　天永、今度於社頭不供采
　女御膳、是依上皇仰也、日還
　行幸不供也、
山城国献物近代付進物所、
近辺有賑給事行事検非違使行之、
　承安頼業、賑給事、検非違使
　不参他遷尉不見、付治安例、
　可行由、被仰下、而史生等行之
　云々、奇恠、
御禊了、執柄退下休幕、
親昵公卿参直廬、着
饗座、　主人横座、
一献四位家司持参、諸大夫持参副盃、居汁、
居了申上、下箸、
二献同前、
　居菓子暑預粥等、
事了、人々帰参、」9紙目
社頭舞間、主上御覧撤北幔、
　承安、撤東鳥居幔、為備

　叡覧也、
近習人々候御前、
　天永、　主上御覧舞之間、
　表衣許着給、自社覧故也、
　寛治・天永・承安、左右舞
　各三曲、天永為房記、先々
　成二曲、
此間、執柄帰参御所、
　天永、予着束帯参入、社頭
　万歳楽間也、
　長久、勅使帰参、此間関白帰参、
　已下相従、
承保、龍王間関白参上、
社頭事了、上卿帰参、付
職事、奏御願平安果了
由、
　天永承安記、於南幔下部也、
主上更着御々装束、
此間、撤御所南西両面幔、
　敷公卿座紫端帖二枚南北行、
天永三、雅兼云、仰掃部、令敷

公卿座西面北上者、御所坤柱一
許丈、敷青縁帖五六枚等也、
治安二小、上達部座前幔令　」10紙目
打上、見之、
承安、北上西面、
以蔵人頭召諸卿或五位蔵人、
公卿着座乍着沓着之、自座後
執柄候簾中、
着入夜者、主殿官人
立明所々柱松、
舞人上御馬為先上臈先南行御所西庭也、
天永、公卿未着之、先舞人
上御馬、頗早速失也、
次馳御馬為先上臈自二鳥居向北馳也、
公卿起座、着靴、
次撤公卿座、如本引幔、
此間、当座上卿奏見参、
於南幔外付職事、
次侍従一通、非侍従一通、
六位一通、巻籠一礼紙、挿杖、
御覧了返給、上卿下外記、
治安小記、予佇立御所幔外、

召外記、令奉見参、
承保上、予着上達部座、欲奏　」11紙目
見参之処、其座執食狼藉、
仍命左大弁、鋪座所司、遅々
先令随身鋪座着之、見
見参、
賜公卿已下禄、
執柄禄、依命持帰、給随身、
公卿禄、殿上人取之、
承安頼業、蔵人弁兼光取、
左大将禄、
天永、於庭座、給公卿禄、
同雅兼記、史生等取殿上人
禄、舞人陪従禄、令持史
生於馬場辺給之、
公卿取禄左手持之、列立
前庭欲前行棄之、
寄御輿、
安劔璽之儀、如例、
乗御、
大将始称警蹕、

大将出幔門、召大舎人、
仰御綱或不仰之云々、
車駕還御、
承保、桂河秉燭、所々有柱松、　」12紙目
有馱餉了
承安、於嶋坂、有馱餉事
次着御、
寄御輿、下御有警蹕、
次鈴奏、
名謁、
還御本殿、
於陣仰行事賞、
当座上首仰例天永右大将、
上卿仰例承安定房、但上卿不叙、
行事賞、次有他人叙位、
并興僧事例興福寺、
応保、
当日無一人賞例承保、
治安二、
御禊、関白向休所、社司賞、

~~奏見参~~　馳御馬、舞御覧、
関白帰参、~~奏見参~~、~~給録~~
舞了、上卿帰参、奏見参、
給禄、公卿取禄列立、還御、
長久二、
上卿帰参、奏見参、馳御馬、
給禄、還御、
承保三、陵王之間、関白帰参、　」13紙目
奏見参、納蘇利終、頭撤
幔敷座、上卿帰参、
公卿着、舞人馳御馬、
給禄、還御、
寛治四、上卿帰参、公卿着座、
馳御馬、還御、
天永三、
御禊、関白休所、舞間仰社賞、
上卿帰参、奏見参、上御馬、
敷公卿座、着座、於座給禄、
馳御馬、於馬場、給舞人禄、
還御、
大治四、上帰参、馳馬、
奏見参、給公卿禄、還御、

承安元、
上帰参、敷公卿座、着座、
上御馬、馳、奏見参、
給禄、還御、
御路、
経二条東洞院、六条、大宮
七条、西京、浄福寺巽角、
彼嶋中路、桂畔、右作（石ノ誤カ）
南道、更西折、冨坂庄東河、
至一鳥居、
以御次第、書之、　」14紙目

（白紙）　」15紙目

あとがき

筆者は昭和五十三年に古代学協会・平安博物館（廃館）に転職し、文献課に属してから大島本の管理閲覧係をした。また、昭和五十五年に冷泉家の財団法人化のお手伝いに参上して以来、定家本を始めとする典跡を調査させていただいている。その中核は定家写本である。これらの写本から定家実像が探れるのではないかと思って調査をしているが、高い山を登ると同じく、中腹迄も行っていないことを痛感している。

大島本に関連して、『行幸』『早蕨』を調査したいと願っていた。『早蕨』は寄託先の京都国立博物館で閲覧をしていた。『行幸』は文化庁が購入する際に、買取評価委員に委嘱された。出版したいと思っていたところ、天理図書館での調査の折りに、岡嶌偉久子氏との話の中で、八木書店からカラー版で出版をすることを勧められた。さらに、氏は書店へ仲介の労を取られ、今回の出版になった次第である。

原本を調査するのは僥倖である。現今の出版技術により、原本の姿をカラーで見ることができるようになった。本書を用いる方は、影印から聞こえてくる声に静かに耳を傾けてほしい。それが筆者の願いである。

出版に際し、御所蔵の方々、岡嶌偉久子氏・羽田聡氏、校閲を万波寿子氏、並びに八木書店の金子道男氏に、大変お世話になった。衷心より御礼申し上げる。

平成二十九年十二月

藤本　孝一

【原本】
『行幸』（重要美術品）国所蔵・文化庁保管
『早蕨』（重要文化財）個人蔵

【編者】

藤本 孝一（ふじもと こういち）

1945年、東京都に生まれる。法政大学大学院人文学科研究科日本史学専攻博士課程単位取得中退。博士（文学）。文化庁美術学芸課主任文化財調査官を経て、現在、龍谷大学客員教授、冷泉家時雨亭文庫調査主任、古代学協会客員研究員、真言宗大本山随心院顧問（文化財）。

〔著書〕
『『定家本源氏物語』冊子本の姿』（『日本の美術』468、至文堂、2005年）
『中世史料学叢論』（思文閣出版、2009年）
『本を千年つたえる　冷泉家蔵書の文化史』（朝日新聞出版、2010年）
『賀茂季鷹所蔵本古今和歌集下・紙背文書影印』（日本史料研究会、2014年）
『国宝『明月記』と藤原定家の世界』（臨川書店、2016年）　ほか

定家本（ていかぼん） 源氏物語（げんじものがたり） 行幸（みゆき）・早蕨（さわらび）

2018年1月25日　初版第一刷発行　　定価（本体28,000円＋税）

編者　藤本孝一
発行所　株式会社　八木書店　古書出版部
代表　八木乾二
〒101-0052 東京都千代田区神田小川町3-8
電話 03-3291-2969（編集） -6300（FAX）
発売元　株式会社　八木書店
〒101-0052 東京都千代田区神田小川町3-8
電話 03-3291-2961（営業） -6300（FAX）
https://catalogue.books-yagi.co.jp/
E-mail pub@books-yagi.co.jp

製版・印刷　天理時報社
製　本　博勝堂

ISBN978-4-8406-9765-1